아름답고 쓸모없는 독서

아름답고 쓸모없는 독서

김성민 글

다반

모든 슬픔은 이야기로 풀어내면 견딜 수 있다.

—이자크 디네센

쓸모없음의 쓸모

1

　세상 모든 책을 읽고 싶었다. 읽으면 읽을수록 읽을 책이 줄지 않고 많아진다는 역설을 깨달았지만 여전히 불가능한 꿈을 꾼다. 나의 꿈은 아홉 살로 거슬러 올라간다. 당시 단짝 친구는 책 이야기를 내게 들려주곤 했다. 책을 많이 읽는 친구였다. 외동딸인 친구는 일하는 엄마를 기다리는 시간에 책을 읽으며 보냈다. 친구가 읽었던 수많은 세계문학은 옛날이 야기가 되어 나에게 전해졌다. 친구는 이야기했고 나는 들었다. 우리의 놀이 방식이었다. 지금 생각해 보면 친구의 단짝은 내가 아니라 책이었다. 책에 빠져 있던 형형한 눈빛을 아직 기억한다. 친구는 체구가 작았지만 나보다 커 보였고 내가 모르는 세계를 알고 있는 것 같았다. 그 세계는 내가 있는 곳보다 더 넓고 근사해 보였다. 나도 그곳에 가고 싶었다.

어떻게 하면 책을 많이 읽는 사람이 될까? 책을 좋아하는 마음만으로 책을 많이 읽게 되지 않는다. 사랑 이야기를 좋아한다고 실제로 사랑에 빠지지 않듯이. 시간과 에너지는 한정되어 있고 수많은 선택지 중 책을 선택하는 일은 다른 것을 포기한다는 의미다. 무엇보다 책을 사랑하게 되기까지 여러 길을 우회했다. 나의 시작은 너무 늦거나 빨랐다. 늦은 대학 생활과 이른 결혼생활을 하면서 종종 혼자가 되었고 혼자일 때 책을 읽었다. 나와 내 주변에서 벌어지는 이해불가한 일들을 이해하고 싶었다. 책이 모든 질문에 해결책을 제시하지는 않았지만 내면에서 벌어지는 소란과 시도 때도 없이 찾아오는 공허함을 잠재웠다. 책을 읽으면서 고독했지만 외롭지 않았다.

2

제목을 '아름답고 쓸모없는 독서'라 붙였다. 김민정 시인의 시집 『아름답고 쓸모없기를』(문학동네, 2016)에서 빌려 온 제목이다. 가장 아름다운 지적 행위가 독서라고 생각하는 나에게 독서가 아름답다는 말은 하늘이 파랗다는 말만큼이나 자연스럽다. 여기서 아름다움의 의미를 묻게 된다. 독서가 불편한 진실을 보게 하는 괴로움이나 무거움일 때도 아름다울 수 있을까? 철학자 한병철의 책 『아름다움의 구원』(문학과지성사, 2016)에 이런 문장이 나온다.

> 『말테의 수기』에서 릴케는 본다는 것을 상처로 묘사한다. 본다는 것은 어떤 것이 내 자아의 미지의 영역 속으로 침범하도록 온전히 내버려둔다는 것을 의미한다.(54쪽)

여기에 책을 대입하면 책을 본다는 것은 책이 나의 영역 속으로 침범하도록 온전히 내버려둔다는 의미가 된다. 그럴 때 나는 상처받을 위험성과 예상하지 못한 타격에 노출된다. 상처 없이 문학도 예술도 없다면 문학과 예술을 읽는 것은 상처와 고통을 대면한다는 것이다. 독서가 '우리 안에 있는 꽁꽁 얼어 버린 바다를 깨뜨려 버리는 도끼'가 되기 위해서는 나의 내면과 자아 파괴를 감수해야 한다. 그 지점에 새로운 탄생이 존재한다. 독서의 본질적인 아름다움은 거기에 있다.

진정한 아름다움은 사용가치, 소비가치로 즉시 환원되지 않는다. 새로움보다는 오랜 시간 동안 천천히 스미는 지속성을 지향한다. 쓸모를 의미하는 '쓸 만한 가치'가 돈으로 환산되는 시대여서 독서는 아름답고 쓸모없다. 오스카 와일드가 '모든 예술은 완벽하게 쓸모없다.'고 말했듯 쓸모없음에서 예술이 탄생한다. 쓸모없음이 지닌 예술성, '아름답고 쓸모없는' 독서를 하면서 현실을 초월하고 나를 초월한다. 일상의 시간을 정지시키며 시간의 힘을 무력하게 한다. 독서에 깊이 빠지고 나서 일상으로 돌아오면 현실이 낯설게 느껴진다. 그런 감각이 현실을 다르고 새롭게 보게 한다. 이전과 조금 다른 내가 된다. 나를 변화시키는 독서란 그런 것이다. '예술은 타자를 그 현전성에 고정시키기를 거부함으로써 타자를 구원한다.'(101쪽) 현전성이란 '지금 여기' 존재한다는 의미다. '지금 여기'에서 벗어나 초월할 때가 구원이 되는 순간이다. 그러므로 '쓸모없음이 우리를 구원한다.' 구원보다 더 큰 쓸모가 어디 있을까.

아름답고 쓸모없는 독서

블로그에 올렸던 서평과 리뷰가 책의 뼈대가 되었다. 글을 모으고 정리하면서 깨달았다. '그때'의 나와 '지금'의 나 사이에 변화가 있다는 것을. 책을 다시 읽었다. '그때' 안 보이던 내용이 '지금' 보이면서 새롭게 알게 된 내용을 반영했다. 아마 10년 후에 '지금'의 글을 보면 비슷한 부끄러움을 느끼지 않을까. 경험하고 아는 만큼만 쓸 수 있어서 쓰기는 앎을 드러내지만 반대로 앎의 이면, 무지를 드러내기도 한다. 시차를 두고 같은 책을 읽고 느끼는 감상의 거리는 삶이 끝날 때까지 좁혀지지 않을 것 같다. 필연적인 시차가 나의 미욱함에 대한 변명이 될 수 없겠지만 버지니아 울프의 말에서 희미한 희망을 발견한다. '해마다 같은 책을 읽고 그때마다 감동을 글로 남기면 우리 자신들의 자서전을 기록하는 것이나 마찬가지'라는 말이 그것이다. 그러므로 '지금'의 독서기록은 나의 완성되지 않은 자서전이자 정신의 지도와 비슷하다.

책에 담은 글을 하나의 형식으로 규정할 수 없지만 책에서 시작해 책으로 끝난 이야기다. 나의 이야기와 책의 이야기를 씨줄과 날줄 삼아 엮었다. 책은 듣는 귀이자 말하는 입이 되어 뒤엉킨 생각들을 가지런히 말할 수 있도록 이끌었다. 나를 그대로 드러내는 글은 마치 볼품없는 맨몸 같아서 책의 문장을 빌려 옷을 입혔다. 누드보다 은근한 드러냄이 더 아름답다고 주장하지만 사실 나의 허영과 언어의 빈곤을 가리기 위함이었음을 고백한다. 서른 두 편의 글을 3부로 나눠 배치했다. 나에게 책이란 무엇인가, 독서란 무엇인가에 대답이 되는 글을 1부에 두었고 2부에는 주로 고전문학을 읽고 쓴 리뷰를, 3부에는 사랑하는 대상을 잃고 난 후 상실과 애도가 중심이 되는 글을 모았다. 상실과 애도는 '코로나 시대'를 살고 있는 지금 각별한 의미를 지닌다. 코로나 팬데믹이 불러온 변화에 적응하느라 무엇을 잃어버리고 있는지도 일일이 헤아리지 못한 채 시간이 흐른다. 코로나 시대 이전으로 돌아가기 요원해 보이는 현실에서 마땅히 누려 왔던 것을 더 이상 누리지 못하게 된 '잃어버린 시간'을 애도한다.

어스름한 저녁 붉게 물드는 하늘, 빛에 반짝이는 잔물결, 첫눈이 내린 아침. 더 많이 그러모으고 싶은 장면들이다. 마음이 처진 어느 날 밤, 산책을 나갔다가 보았던 교교히 빛나던 달빛을 나는 아직 기억한다. 달은 그저 빛났을 뿐인데 어두웠던 마음이 조금 밝아지는 기분이었다. 쓸모없는 시간 덕분에 일상에서 벌어지는 실망스럽고 무릎이 꺾이는 순간에도 무너지지 않을 수 있었다. 『아름답고 쓸모없는 독서』가 그런 순간의 목록을 늘려 가는데 작은 보탬이 되기를. 쓸모없음의 쓸모를 나눌 수 있기를. 나의 바람이 이 책을 읽어 주실 분들에게 닿기를 바란다.

목차

3. 슬픔에는 마침표가 없다

1.
혼자 책 읽는 시간

혼자 책 읽는 시간

『리스본행 야간열차』(파스칼 메르시어)

여기 그림이 있다. 덴마크 화가 피터 일스테드의 〈촛불 옆에서 책 읽는 여인〉이다. 고요와 정적이 감도는 어두운 방에서 여인은 책에 완전히 몰두해 있다. 시선은 책에 고정되어 있고 흐릿하게 보이지만 입을 살짝 벌리고 있다. 홀로 보내는 시간의 충만함을 알고 있는 표정이다. 나는 그림 속 여인이 되고 싶었다.

아이들과 지내는 시간에도 분명 기쁨의 순간이 있지만 소란스러운 기쁨이 아닌 혼자만 누릴 수 있는 기쁨이 그리웠다. 가족이 모두 잠든 밤 고요한 시간을 위해 홀로 깨어 있었다. 그리고 책을 읽었다. 독서는 도피였다. 현실에서 벗어나 페테르부르크에서 모스크바로 가는 기차를 탔고(『안나

카레니나』), 캐나다 에드워드 섬의 초록 지붕집 앞에 펼쳐진 오솔길을 걸었다(『빨강 머리 앤』). 모래바람이 거칠게 부는 오클라호마를 떠나 캘리포니아로 가는 66번 고속도로에도 올랐다(『분노의 포도』). 보들레르의 시구처럼, '여기가 아니라면 어디라도' 좋을 것 같았다. 나의 현실은 단조로운 일상의 반복이었으니까. 발을 동동 구르며 바쁘게 다녀도 하루를 마감할 때 어딘가 허전하고 공허해지는 순간이면 어김없이 책을 펼쳤다.

공허감은 어디서 왔을까. 나의 이름보다 엄마라는 이름으로 더 자주 불리는 일상에서 내 자신은 잘 보이지 않았다. 사회관계에서 소속이나 직함이 필수 항목이라면 나는 '주부'에 속한다. 사전은 주부를 이렇게 정의한다. 주부(主婦) : 한 가정의 살림살이를 맡아 꾸려 가는 안주인. 주부는 가정의 '안주인'이라고 하는데 왜 사회 속에서는 '주변인'처럼 느껴지는 걸까. 내가 받았던 학교 교육과 대학, 사회는 주부의 가치를 가르쳐 준 적이 없다. 적어도 난 배운 적이 없다.

아이를 보살피고 식사를 차리고 집안을 돌보는 일은 얼마나 복잡다단한 일들로 이루어져 있는가. 털어 낸 먼지가 다시 쌓이듯 가사노동은 같은 일의 무한 반복이다. 일의 중요도가 돈으로 환산되는 시대에 집안에서 하는 가사, 돌봄 노

아름답고 쓸모없는 독서

동은 돈으로 환산되지 않아서 생산 활동에 포함되지 않는다. 경제학의 창시자 애덤 스미스가 평생 혼자 살면서 어머니가 차려 주는 밥을 먹고 보살핌을 받았지만 어머니의 노동은 그에게 보이지 않았다. 사람을 살린다고 하여 살림이지만 살림은 그만큼의 가치를 인정받지 못하고 홀대받는다. 가사노동의 가치를 돈으로 환산해도 노동의 성격이 변하는 건 아니다. 보이지 않는 반복적인 활동이 내가 느끼는 공허함의 원인이었다. 노동은 끊임없이 반복되는 지겨움이라서 정신을 놓고 있으면 노동의 순환에 끌려 들어가 정체성을 상실하고 만다.

책으로 떠나는 상상여행이 아닌 진짜 여행을 떠날 수 있다면? 모든 일상을 뒤로 하고 느닷없이 떠날 수 있다면 어떨까. 당장 눈앞에 있는 일들이 발목을 잡아 언제나 상상으로 그치지만 돌연히 떠나는 판타지를 실현하는 소설이 있다. 철학자 페터 비에리가 필명 파스칼 메르시어로 쓴 소설 『리스본행 야간열차』(들녘, 2007)다. 비에리는 소설을 통해 흥미로운 질문을 던진다. '우리가 우리 안에 있는 것들 가운데 아주 작은 부분만을 경험할 수 있다면, 나머지는 어떻게 되는 걸까?'

이 질문에 답하기 위해 57세 고전문학자 그레고리우스는 어느 날 갑자기 여행을 떠난다. 대학에서 30년 이상 헤브라이어와 그리스어를 가르치는, 학교 기둥처럼 고정된 삶이 전부일 것 같던 그의 이러한 행보는 매우 이례적이었다. 기차역에서 우연히 만난 포르투갈 여인이 마음에 동요를 일으켰다면 헌책방에서 우연히 발견한 책 『언어의 연금술사』는 리스본으로 떠나는 결정적 계기가 된다. 그레고리우스는 책의 저자인 아마데우 드 프라두에게 깊은 인상을 받고 그의 삶을 알고 싶은 호기심을 좇아 리스본행 야간열차에 몸을 싣는다. 언제 돌아올지 모르는 기약 없는 여행이다. 일상의 궤도를 벗어나는 일탈 여행. 나이는 중요하지 않다. 오히려 더 늦기 전에 자신의 삶에 찾아온 강렬한 이끌림을 놓치지 않고 붙잡아야 했다.

그의 마음속에는 어쩌면 이미 다른 생각들과 욕망들이 부유하고 있었는지도 모른다. 이를테면 일상에서 탈출해 다른 '나'가 되고 싶은 욕망. 그동안 경험한 '작은 부분'이 아닌 나머지를 발견하고 싶은 바람. 여정을 마치고 다시 스위스 베른 집으로 돌아온 그레고리우스에게 매일 걸었던 익숙한 풍경은 더 이상 예전과 같지 않다.

일상에서 탈출해 다른 '나'가 되고 싶었다. 그레고리우스가 질문한 것처럼 내 안에 있는 '나머지'가 궁금했다. 내 안에 있는 '아주 작은 부분'만 경험하고 있다는 생각이 들어서 '나머지'를 알고 싶었다. 그 나머지가 내가 경험한 아주 작은 부분보다 더 낫거나 좋을지 알 수 없지만 아직 개척할 수 있는 '미지의 나'가 있다는 생각이 나를 들뜨게 했다. '미지의 나'는 변하지 않는 일상을 다르게 보고 느낄 수 있는 시선을 줄 것 같은 기대감이 들었다.

그레고리우스처럼 당장 떠나지 못하는 나에게 독서는 일상을 떠나면서 떠나지 않는 여행이다. 나를 벗어나면서 동시에 나로 머물러 있을 수 있다. 독서 덕분에 나의 '나머지'와 '미지의 나'를 만난다. C.S. 루이스의 말대로, '작품을 읽으면서도 나는 나를 초월하고 바로 그때, 그 어느 때보다 나 자신에게 충실한 존재'가 될 수 있다.

그리하여 독서는 여행이기도 하지만 초월한다는 면에서 사랑과 비슷하다. 사랑 안에서 우리는 자기 자신에서 벗어나 다른 자아가 되듯이 독서를 통해 다른 자아를 경험한다. 수많은 다른 사람이 되면서 여전히 자기 자신으로 남는다. 일상과 자기 자신을 초월하는 경험을 통해 일상을 탈피한다. 사랑이 떠나도 사랑했던 나는 남고 한 권의 책이 끝나면 조금 달라진 내가 있다. 그래서 나는 사랑하고 싶을 때 독서를 하고 독서를 하며 사랑을 경험한다. 사랑을 하는데 어찌 일상이 권태롭

겠는가. 혼자 책 읽는 시간은 혼자가 아니다. 다시 보니 그림 속 여인의 표정은 사랑에 빠진 표정이 아닌가 싶다.

가지 못한 길

『못 가본 길이 더 아름답다』(박완서)

오랜 세월이 지난 후 어디에선가

나는 한숨지으며 이야기할 것입니다

숲 속에 두 갈래 길이 있었고, 나는-

사람들이 적게 간 길을 택했다고

그리고 그것이 내 모든 것을 바꾸어 놓았다고

로버트 프로스트의 「가지 않은 길」(1916)의 마지막 대목이다. 인생의 갈림길에서 가지 않은 길은 우리가 선택하지 않은 삶이다. 혹은 선택하지 못한 삶. 의지가 반영된 선택이든 아니든, 경험하지 않았다는 점에서 동일하다. 페터 비에리가 던졌던 질문을('우리가 우리 안에 있는 것들 가운데 아주 작은 부분만을 경험할 수 있다면, 나머지는 어떻게 되는 걸까?') 상기한다면 가지 않은 길은 내가 경험하지 못한 '나머지' 삶일 것이다. 가지 않은 길은 여전히 미지의 세계로 남는다. 그곳은 상상의 공간이자 판타지다. 가지 않은 길. 때때로 그 길을 돌아보곤 한다.

　작가 박완서에게 가지 않은 길은 '못 가본 길'이었다. 선택의 자유가 없었기에 가지 않은 길이 아니라 못 가본 길이었고 **빼앗긴** 길이었다.

> 막 베틀에 앉아 내가 꿈꾸던 비단은 한 뼘도 짜기 전에 무참히 중력을 잘리고 말았다. 전쟁은 그렇게 무자비했다. (…) 내가 꿈꾸던 비단은 현재 내가 실제로 획득한 비단보다 못할 수도 있지만, 가본 길보다는 못 가본 길이 더 아름다운 것처럼 내가 놓친 꿈에 비해 현실적으로 획득한 성공이 훨씬 초라해 보이는 건 어쩔 수가 없었다.
>
> (『못 가본 길이 더 아름답다』, 박완서, 현대문학, 2010)

　못 가본 길은 곧 '내가 꿈꾸던 비단'이었다. 작가는 어떤 비단을 꿈꾸었을까. 이제 막 대학 문턱에 들어선 여대생은 무엇이 되기 위한 고민보다 순수하게 학문하는 즐거움을 느끼고 싶었다. '진리와 자유의 공간'인 대학에서 지적 갈증을 축

　　　　　　　　　　　아름답고 쓸모없는 독서

여 줄 강의를 들으며 공부하기를 바랐다. 대학에 입학한 해, 1950년 6월에 한국전쟁이 터졌다. '꿈꾸던 비단'은 직조를 시작하지도 못하고 '무참히 잘리고 말았다.' 전쟁은 가족마저도 빼앗아 갔다. 대학에 입학했다는 기쁨도 잠시, 꿈 많은 여대생은 전쟁으로 무참하게 잃은 오빠 내외를 대신해 남은 가족을 먹여 살려야 하는 처지가 되었다.

응당 누려야 할 것을 누리지 못할 때 억울한 마음이 든다. 내 몫으로 주어진 무언가가 불가항력적인 힘으로 사라질 때, 그 억울함을 어떻게 무엇으로 해소해야 할까. 전쟁이 가져다준 불행은 집요하고 고약했다. '나'만 모든 것을 빼앗긴 것만 같았다.

박완서에게 억울함은 글쓰기의 원동력이 된다. 억울함을 누군가 대신 풀어 주기 바라기보다 스스로 풀고자 했다. 나의 억울함은 내가 가장 잘 알기에 누구도 대신할 수 없었다. 글쓰기는 억울함을 제거하고 지우는 것이 아니라 똑바로 직시하는 행위였다. 고통에 대한 치유가 '고통에게 소리를 지르며 울 수 있는 자리를 마련해 주는 것'이라는 말처럼 소설 쓰기는 '소리를 지르며 울 수 있는 자리'였다. 전쟁에 대해 반복해서 쓰면서 자신을 옭아매고 있는 억울함의 사슬을 끊어 내고 '꿈꾸던 비단'이 무참히 잘렸던 슬픔을 달래고자 했다.

'나만 억울하다!'에서 나오는 에너지가 글쓰기의 원점이
다. 그런데 이 원점에서 나오는 에너지란 작가 박완서에
겐 거의 선험적이라 할 만큼 절대적이었음이 판명된다.
그렇지 않고서는 평생을 글쓰기에 매달릴 이치를 설명
할 방도가 없다.

(『내가 읽은 박완서』, 김윤식, 문학동네, 2013)

두 갈래 길 앞에서 선택해야 하는 순간이 있다. 박완서는
선택권을 빼앗겼다는 면에서 선택이 불가피했지만 보통의
선택 역시 불가피함에 의지할 때가 있다. 전쟁과 같은 불가
항력이 아니더라도 인생의 중대한 결정 앞에서 '어쩔 수 없
음'에 기대서 선택을 합리화하는 것은 아닐까. 어떤 선택은
선택의 이유가 분명하지 않다. 이성적 판단이 아닌 나의 무
의식, 주변의 압력 혹은 상황의 이끌림일 수 있다. 흔히 그러
한 이끌림을 우연 혹은 필연 더 나아가서 운명이라고도 부른
다.

십 년 넘게 시간이 지나도 지워지지 않는 장면이 있다. 대
학 졸업하는 해 여름이었다. 교수 연구실 문이 한없이 육중
해 보이던 날, 심호흡을 하며 문을 열고 들어갔다. 대학원 추
천서를 써주신 교수님께 입학허가서 대신 청첩장을 내밀었

다. 갑자기 밑에 가라앉아 있던 묵직한 무언가가 떠오르면서 울컥했다. 죄송한 마음과 이해를 바라는 마음이 뒤엉켜 있었다.

"나에 대한 배신이라고 생각해서 그러니?" 바로 앞에 앉아 계신 교수님의 말이 멀리서 들렸다. 그 말을 듣고 어떤 대답을 했는지 잘 기억나지 않는다. 돌아오는 길 내내 배신이라는 단어가 맴돌았다. 나는 마치 그 말을 내 몸에서 떼어 내려는 듯 한껏 울고 그 말을 덮어 두었다. 덮어 둔다고 사라지는 것은 아니었다. 결혼 후 그 말은 시도 때도 없이 고개를 들고 나에게 물었다. '그래서 네가 배신을 하고 얻은 게 뭐니?'

나는 여전히 이 질문 앞에서 머뭇거린다. 잃은 것이 있으면 얻은 것도 있고 막연하지만 얻은 것이 잃은 것을 채워 주리라 생각했다. 어리석었다. 동그라미 구멍에 네모가 맞지 않듯이 애초에 모양이 다른 것이었다. 잃어버린 것은 잃어버린 것으로만 채울 수 있었다.

대학 졸업과 동시에 결혼식을 올리면서 '내가 꿈꾸던 비단'을 접었다. 그리고 새로운 비단을 짰다. 새로운 비단을 짜느라 십여 년의 시간이 흘렀다. 내가 배신한 것은 무엇이었을까. 아마도 교수님은 기억하고 있지 않을, 그저 무심코 뱉은 말일 수도 있는 걸 알면서도 그 말은 여전히 선명하게 살아 있다. 나의 선택이 누군가에게 배신으로 느껴질 만큼 이기적이었는가. 무엇이 무엇을, 누가 누구를 배신했는지, 나 스스로에게도 완벽히 설명할 수 없다.

결혼이란 마치 새로운 세계로 진입하기 위해 어떤 세계를 희생 제물로 바쳐야 하는 것처럼 대가를 요구했다. 나는 하나의 세계와 단절하고 다른 세계로 발을 내딛었다. 그 단절을 배신이라고 부를 수 있을까. 나는 배신의 주체이면서도 마치 객체가 된 양 행동했다. 내가 배신한 것은 다름 아닌 내 자신이었다.

이미 지나온 길을 다시 돌아갈 수 없고 내가 꿈꾸던 비단은 이미 잘렸지만 아마도 나는 그때로 다시 돌아간다 해도 똑같이 선택했을 것이다. 그때의 나는 그대로이기 때문이다. 다만 과거의 나에 대한 부채의식을 갖는다는 심정으로 쓴다. 꿈꾸던 비단은 아니더라도 새로운 비단을 짠다. 내가 못 가본 길이 아닌 가본 길에 대해서 이야기한다. 여전히 못 가본 길이 더 아름다워 보이지만 내가 선택한 길에서 발견한 것도 있다. 나는 이제 더 이상 나를 배신하고 싶지 않다.

박완서는 전쟁이 끝나고 '전쟁 때 겪은 경험들이 잠복해 있다가 발병처럼 갑자기 망각을 들쑤성거리곤 했다.'고 말한다. 미군 PX에서 일하면서 알게 된 박수근 화백과의 만남과

아름답고 쓸모없는 독서

1·4 후퇴 때 텅 빈 서울이 보여 준 비현실적인 장면이 작가를 글쓰기로 이끌었다. 가정주부로 지내다가 마흔에 소설로 등단하게 된 이유였다. 삶을 파괴했다고 생각했던 한국전쟁이 줄기찬 글쓰기 소재가 되었다. 꿈꾸던 비단이 무참히 잘리지 않았다면 이렇게 많은 작품을 남길 수 있었을까. 작가는 못 가본 길이 더 아름답다고 말하지만 내게는 작가가 '갈 수 밖에 없었던' 그 길이 더 아름다워 보인다.

나는 한 마리의 짐승이 된 것 같아요

「다시, 십 년 후의 나에게」 (나희덕)

어떤 책은 경험과 맞물려야 의미가 바짝 다가온다. 물론 문학적 상상력을 발휘할 수 있지만 책에서 나와 비슷한 경험을 발견할 때 마치 나의 이야기처럼 훅 들어온다. 독서가 알베르토 망구엘은 말한다. '독서가들은 책을 자신의 것으로 만들어 결국에는 책과 독서가가 하나가 된다.' 수많은 책 중에 나의 이야기와 겹치는 책을 만나 책과 하나가 된다는 것은 아무리 생각해도 놀라운 경험이다.

19세기 미국 시인 에밀리 디킨슨은 선교사와 목사의 아내가 갖추어야 할 덕목을 강조하는 여성 신학교를 그만두고 대신 집에서 책을 읽고 시를 쓰며 지냈다. 약 40년 동안. 아무도 이해해 주지 않는 시대를 향해 끊임없이 말을 걸었다. 세상에서 이해받지 못했던 디킨스의 시가 수백 년의 시공간을 지나 이해받지 못한다고 느끼는 사람에게 닿는 놀라운 기적. 디킨슨은 몇 백 년 후 한국에 있는 독자인 나에게 닿으리라고 는 결코 상상하지 못했을 것이다.

나희덕 시인도 「다시, 십 년 후의 나에게」가 어느 독자에게 닿아 오래 묻어 두었던 이야기를 꺼내리라고는 알지 못했을 것이다. 놀랍지 않은가. 저자는 수신인이 불분명한 편지를 망망대해에 띄우는 사람처럼 누군가에게 어떻게 읽힐지 모른 채 쓴다. 한 권의 책은 저자가 전혀 의도하지 않고 상상하지 못한 방식으로 독자에게 닿으며 독자를 통과한다.

십 년 후의 나에게, 라고 시작하는
편지는 그보다 조금 일찍 내게 닿았다

책갈피 같은 나날 속에서 떠올라
오늘이라는 해변에 다다른 유리병 편지
오래도록 잊고 있었지만
줄곧 이곳을 향해 온 편지

다행히도 유리병은 깨어지지 않았고

그 속엔 스물다섯의 내가 밀봉되어 있었다

스물다섯 살의 여자가

서른다섯 살의 여자에게 건네는 말

그때의 나는 첫아이를 가진 두려움을 이렇게 쓰고 있다

나는 한 마리 짐승이 된 것 같아요, 라고

또 하나의 목숨을 제 몸에 기를 때만이

비로소 짐승이 될 수 있는 여자들의 행복과 불행,

그러나 아이가 태어나 자란 만큼 내 속의 여자들도 자라나

나는 오늘 또 한 통의 긴 편지를 쓴다

다시, 십 년 후의 나에게

내 몸에 깃들여 사는 소녀와 처녀와 아줌마와 노파에게

누구에게도 길들여지지 않는 그 늑대여인들에게

두려움이라는 말 대신 사랑이라는 이름으로

책갈피 같은 나날 속으로,

다시 심연 속으로 던져지는 유리병 편지

누구에게 가닿을지 알 수 없지만

줄곧 어딘가를 향해 있는 이 길고 긴 편지

(「다시, 십 년 후의 나에게」, 『그녀에게』, 나희덕, 예경, 2015)

아름답고 쓸모없는 독서

첫아이를 가졌을 때였다. 뱃속에서 아이는 거꾸로 있었다. 머리가 올 자리에 다리가, 다리가 있을 자리에 머리가 있었다. 역아였다. 막달까지 아이가 제자리로 오기를 기다렸지만 아이는 여전히 그 자리에 있었다. 게다가 탯줄을 목에 감고 있었다. "자연분만이 어려운데 왜 고집하세요. 산모와 아이 다 위험해져요." 의사 선생님의 말은 권고라기보다 명령처럼 들렸다. 제왕절개를 해야 했다. 전신마취 후 한동안 숨쉬기가 어려울 수 있다는 내용이 적힌 종이에 사인을 하고 수술실로 들어갔다. 보호자는 출입금지. 살균이 중요한 수술실의 특성상 수술실 안은 입이 덜덜 떨릴 정도로 추웠다. 의사들이 빙 둘러싼 수술대 위에 누워 있는 나의 맨몸이 하나의 고깃덩어리처럼 느껴졌다. 내 몸 같지 않은 내 몸으로 전신마취 가스가 들어오고 나는 그렇게 깊은 잠에 빠졌다. 가장 감격스러울 줄 알았던 출산의 순간에 나는 그곳에 없었다.

임신, 출산, 육아를 경험하면서 '비로소 짐승이 될 수 있는 여자들의 행복과 불행'이라는 구절을 이해했다. 특히 하루 종일 수유하고 유축할 때는 더욱 그랬다. 한 마리의 젖소나 다름없었다. 젖이 잘 나오기 위한 최적화된 가슴을 만드는 과정이 인간이 아닌 다른 것으로 '격하'되는 것 같지만 그러한 과정은 모성애라는 이름으로 반드시 해야 할 일로 여겨진다. 이른바 '통곡 마사지'는 모유수유를 어려움 없이 하기 위한 마사지인데 그 마사지를 받는 일이 통곡할 만큼 아파서 붙여진 이름이다. 출산의 '통곡' 끝에 수유의 '통곡'이 기다리고 있을 줄 누가 알았겠는가. 내 몸이 내 몸 같지 않던 시절이었다. 경이로우면서도 고통스러우며, 온 세상을 얻은 것 같지만 동시에 온 세상을 잃은 것 같은 기분을 느꼈다.

인간을 키우면서 '한 마리의 짐승'이 된다는 건 어딘가 이상하다. 듣기에 따라 거부감을 줄지도 모르겠다. '인간다운' 삶을 잠시 내려놓고 덜 자고 덜 쉬어야 가능한 육아다. 엄마의 희생이란 '한 마리의 짐승'이 되기를 마다하지 않으며 인간다운 삶을 잠시 내려놓는 걸 뜻하는 걸까. 오랫동안 모성이라는 이름으로 치부된 희생을 당연시 여겼다. '모성을 위한 자아 포기가 여성의 지고의 행복'이라는 모성신화에 갇혀 '한 마리의 짐승'이라는 느낌을 인정하지 않고 부정한 것은 아닐까. 출산과 육아에서 느끼는 '행복과 불행'은 불균형하다. 행복보다 불행이 길어질 때 아프게 된다.

그럼에도 불구하고 '두려움이라는 말 대신 사랑이라는 이름으로' 마무리해야 모두에게 편안한 결론이 된다는 것을 안다. 하지만 편안한 결론을 위해 더 이상 누군가를 희생해서는 안 될 것이다. 시인은 편지를 쓴다. '내 몸에 깃들여 사는 소녀와 처녀와 아줌마와 노파, 그리고 누구에게도 길들여지지 않는 그 늑대여인들에게', 자아를 상실하며 새로운 자아를 찾는 과제가 주어진 여성들에게. 엄마가 되면서 성숙한 여성성을 갖추는 것 같지만 동시에 여성성을 잃어버리는 딜레마에 빠진 여성들에게. 시인이 쓴 편지는 그들에게 내미는 손이다. 여러 자아라는 모순 속에서 부단히 싸우고 있는 여성은 그 손을 잡을 때 혼자만의 싸움이 아님을 알게 되며 덜 외로워진다.

여자들의 우정은 출산 전후로 재편성 된다. 비슷한 시기에 임신과 출산을 경험한 다른 여성과 가까워진다. 나이의 경계가 허물어지고 아이의 나이에 맞춰 관계와 만남이 이루어진다. 새로운 관계는 인생을 바꾸는 강렬한 경험, '언어를 넘어선 언어' 위에서 자라난다. 경험은 경험을 통해 잠잠해졌다. 나 혼자만 어려운 게 아니구나. 아이를 통해 얻은 기쁨과 아이로 인해 사라진 것은 서로 비슷했다. 사용하는 언어가 다른 경우에도 경험은 동일했다. 경험은 언어를 넘어선다는 것을 알았다.

그렇게 엄마가 되어 '아이가 태어나 자란 만큼 내 속의 여자들도 자라'났다. '내 몸에 깃들여 사는 소녀와 처녀와 아줌마와 노파가.' 내 속에 깃들여 사는 여자들이 많아지면서 조금 더 둥글어지고 조금 더 넓어진다. '누구에게 가닿을지 알 수 없는' 시가 나에게 닿으면서 그 시간을 통과했던, 그리고 통과하고 있는 그녀들이 떠오른다. 그녀들에게 이 시를 전하고 싶다.

기억과 망각 사이

『먼 북으로 가는 좁은 길』(리처드 플래너건)

〈시간의 기록〉이라는 이름으로 블로그를 꾸린다. 책을 읽고 떠오르는 생각, 기억하고 싶은 장소와 일상의 순간이 기록하는 대상이다. 기록하지 않으면 경험의 기억이 희미해지기 때문이다. 휘발성 기억을 잡아 두고 싶어서 기록한다.

하지만 어떤 기억은 굳이 기록하지 않아도 생생하게 남는다. 출산을 위해 차가운 수술대 위에 맨몸으로 누워 있던 순간이나, 아이가 다쳐 피를 흘리던 순간이 그렇다. 아이가 다친 건 몇 해 전 여름이었다. 놀이터에 유난히 아이들이 많던 어느 일요일, 좁은 미끄럼틀 위에서 뛰어내린 아이는 바닥에 누워 있던 자전거에 머리를 부딪쳤다. 얼굴 위로 피가 쏟아지듯 흘러내렸다. 얼굴이 피로 범벅된 아이를 들고 뛰었다. "오히려 피를 흘리는 게 안전한 거예요." 택시 아저씨는 지갑이 없는 줄도 모르고 정신없이 택시에 탄 나를 진정시켰다. 한여름에 나는 택시 안에서 덜덜 떨고 있었다.

머리를 꿰맨 아이는 그 이후 아무렇지도 않게 다시 놀이터에서 놀았다. 미끄럼틀 위에도 올라갔다. 그날의 기억이 떠올라 나는 긴장하고 있는데 다쳤던 곳에서 아무 일도 없었다는 듯이 놀 수 있는 아이가 신기하기만 했다. 이것이 니체가 말한 망각 능력일까? '망각이 없다면 행복도, 명랑함도, 희망도, 자부심도, 현재도 있을 수 없는 것이다.' 니체는 아이를 가리켜 순진무구함이자 망각이라고 말했다. 하지만 아이가 그날의 일을 완전히 망각한 건 아니었다. "나 여기에서 다쳤지?"라고 말하며 아이는 계속 놀았다. 아이에게는 그저 하나의 망가진 모래성에 불과한 일이었을까. 아이는 파도에 휩쓸려 간 모래성을 그리워하거나 파도를 무서워하지 않고 다시 모래성을 쌓는다. 망가진 모래성에 집착하는 건 나였다. 놀이터의 미끄럼틀을 보며 그날의 기억이 떠올라서 몸이 움찔했다. 그날의 기억이 파도처럼 덮쳐 왔다.

니체는 기억을 일종의 질병이자 재난으로 보면서 망각의 능력을 긍정했다. 가능한 많이 기억하고 오래 기억되는 것을 선으로 생각하는 나는 기억에 대한 니체의 정의를 선뜻 수

아름답고 쓸모없는 독서

용하기 어려웠다. 하지만 니체의 말은 기억이 고통과 결합될 때, 설득력을 갖는다. '기억 속에 남기 위해서는 무엇을 달구어 찍어야 한다. 끊임없이 고통을 주는 것만이 기억에 남는다.' 큰 위험이나 고통을 수반한 기억들은 쉽게 지워지지 않는다는 말이다.

피로 범벅된 아이의 얼굴이 나에게 달구어 찍혀진 화인이 되었다. 화인이 수반된 기억은 한동안 트라우마로 남아 불쑥불쑥 나를 괴롭혔다. 다행히 현재의 삶을 파괴할 정도는 아니어서 시간이 지나니 서서히 엷어졌다. 하지만 이보다 깊은 트라우마였다면? 니체는 능동적 망각을 제시한다. 니체의 망각은 애써 잊겠다는 결심이 아니라 오직 새로운 활동을 시작함으로써 제대로 잊는 것이다. 어떤 정신 상태를 부정하지 않고 새로운 활동을 만들어 낸다는 점에서 망각은 능동이자 긍정이다.

소설가 김영하도 망각을 탐구하고 망각의 긍정을 이야기한다. 에세이 「단기 기억 상실증」에서 그는 서울이 갖고 있는 망각 능력을 말한다. '서울에서 산다는 것은 무엇보다도 잊어버리는 것, 그리고 그 망각에 익숙해지는 것을 뜻한다.' (실제로 그는 열 살 때 사고로 유년기에 대한 모든 기억을 상실했다고 말한 바 있다.)

'자기 몸에 새겨진 문신을 지우려 애쓰는 늙은 폭주족처럼, 서울은 필사적으로 근대의 기억을 지우고 있다.' 작가가 본 서울의 인상, 서울의 정의다. 오래된 아파트, 오래된 건물은 재개발, 재건축이라는 이름으로 허물어지고 그 자리에 새로운 건물이 올라가는 장면을 보면 어렵지 않게 고개를 끄덕일 수 있다. 한 지역의 흔적이 완전히 지워지고 그곳에서 보낸 유년기도 함께 지워진다. 고향을 잃어버린다.

어렸을 적 아버지를 따라 잦은 이사를 하며 이별을 반복해야 했다는 사실. 초등학교 6년 동안 전학을 여섯 번 다녀야 했다는 사실. 어쩌면 어린 김영하는 잦은 이별과 강제된 시작 사이에서 스스로를 지키기 위해 망각을 택했는지도 모른다. 눈앞에 닥친 현실에 적응하기 위해서는 두고 온 과거가 도움이 되지 않기 때문에.

잦은 이주로 점철된 유년시절은 그를 여행하는 인간, '호모 비아토르'로 만들었다. '일면식도 없는 사람들로부터 거부당하지 않고 안전함을 느끼는 순간'이 내면화되었고 그는 그 순간이 그리워 자주 여행 가방을 꾸린다.

여행을 떠난 이상, 여행자는 눈앞에 나타나는 현실에 맞춰 믿음을 바꿔가게 된다. 하지만 만약 우리의 정신이 현

아름답고 쓸모없는 독서

실을 부정하고 과거의 믿음에 집착한다면 여행은 재난
으로 끝나게 될 것이다.

(『여행의 이유』, 김영하, 문학동네, 2019, 35쪽)

과거에 매몰되기보다 끊임없이 과거와 이별하며 '오직 현재'
를 살고자 하는 사람. 그가 호텔을 좋아하는 이유도 호텔이 '집
요하게 기억을 지우고' 있기 때문이다. 그는 잘 정돈된 순백색
의 호텔 침구 위에서 '언제나 삶이 리셋 되는 기분'을 느낀다.
반복적인 리셋을 통해 기억을 소거할 때만이 비로소 '오직 현
재'를 살 수 있다. 그는 현재를 살기 위해 여행을 떠난다.

'언제든 어디로든 떠날 수 있다는 것은 그 어디에 있더라도
내 자리가 아니라는 것을 의미한다.' 끊임없이 유동하는 사회
에서 영원한 '내 자리'란 애초에 존재하지 않는지도 모른다.
같은 자리도 시간에 따라 그 모습은 변하기 마련이기에. 무엇
보다 과거의 나와 지금의 나는 다르니까.

물론 망각이 언제나 선이 될 수 없다. 리처드 플래너건
의 『먼 북으로 가는 좁은 길』(문학동네, 2018)은 전쟁을 통해 기
억과 망각의 의미를 보여 준다. 1942년 일본은 타이에서 미
얀마에 이르는 철로 건설에 수많은 전쟁포로를 동원했다.
415km에 이르는 철로는 '죽음의 철도'라고 불렸다. 불가능한

사업을 위해 전쟁포로들은 죽음에 이를 만큼 가혹하게 혹사당했고 그곳에서 간신히 살아남은 사람들은 정신적 외상을 겪었다. 리처드 플래너건의 아버지는 당시 동원되었던 전쟁포로 중 한 명이었다.

소설은 일본 패망 후 전범자들의 삶을 보여 주며 선악의 경계를 무너뜨린다. 특히 조선인 최상민은 포로를 학대한 전범이었지만, 동시에 일본군 아래에서 전쟁이라는 폭력의 광기에 동원된 피해자였다. 전쟁의 기억을 간직한 자는 괴로워하며 삶을 스스로 마감한다. 한편, 전쟁의 기억을 지운 자는 자유로워진다. '그의 머리는 포로수용소의 기억을 서서히 증류해서 아름답게 다듬었다. 나중에는 일본인들의 폭력을 잊었다. (…) 남은 것은 인간 선의에 대한, 뒤집어질 수 없는 믿음이었다. 아흔네 살에 그는 비로소 자유로워졌다.'

반면에 철로 공사현장에서 전쟁포로 토끼 헨드릭스는 사라져 가는 기억을 그림으로 남긴다. 누군가 그의 그림을 보고 참혹했던 현장을 기억하기를 바랐기 때문이다. 그의 그림은 그가 죽은 뒤 전쟁포로수용소 삽화책으로 나온다. '기억이 진정한 정의입니다.'라는 그의 동료 포로의 믿음 덕분이었다. 무엇을 기억하고 무엇을 망각해야 하는가. 이 소설이 나에게 남긴 질문이다.

쓴다는 행위는 그것을 기억해야 하는 부담에서 자유롭게 한다. 글이 기억을 대신한다. 그러므로 나는 기록을 간직하기 위해 쓰고 잊기 위해 쓴다. 기록을 위한 글쓰기는 망각인 동시에 기억이다. 그러므로 블로그 〈시간의 기록〉은 휘발성 기억의 저장고인 동시에 망각의 장소일까. 기억과 망각 사이, 그 어디쯤에 있다.

할머니의 재봉틀

『슬픔의 위안』(론 마라스코, 브라이언 셔프)

오래전 할머니 댁에는 재봉틀이 있었다. 발판을 움직여야 작동하는 오래된 재봉틀이라서 어린 내가 다루기에는 어려운 기계였다. 발이 겨우 닿아서 움직이는 것만으로도 신기했던 기억이 난다. 다룰 줄도 모르면서 재봉틀 앞에 앉는 것만으로도 좋았다. 재봉틀 주위에 실과 천 조각이 어지럽게 널려 있었고 나는 무슨 보물이나 되는 것처럼 천 조각을 모았다. 쓸모없는 물건이니 아무도 참견하지 않았다. 색색 천 조각 모양은 제각각이었고 나의 놀잇감이 되었다. 그렇게 재봉틀 앞에서 무언가 만드는 흉내를 냈다. 흉내 내기 놀이가 어떤 결과물을 줄 리 만무했지만 그 자체로 재밌는 놀이였다. 마치 재봉틀로 한복을 짓고 이불을 만드는 할머니처럼 능숙

아름답고 쓸모없는 독서

한 사람이 된 기분을 느꼈던 걸까. 할머니가 세상을 떠난 지금 재봉틀은 더 이상 돌아가지 않는다.

오래 심장병을 앓던 할머니는 병상에 일 년 넘게 누워 계시다가 돌아가셨다. 꽃샘추위가 맹렬했던 3월이었다. 할머니의 마지막을 보며 그렇게 눈물이 날 줄 몰랐다. 결혼 후 할머니를 일 년에 한 번 볼까 말까 했지만, 죽음은 한 사람의 지난 삶을 한꺼번에 몰고 왔다. 할머니가 20대였을 무렵 막내고모를 낳은 다음 날 할아버지가 세상을 떠나셨다. 하루아침에 남편을 잃은 아내는 갓 출산한 몸으로 장례를 치르느라 막내딸에게 젖을 줄 수가 없었다. 막내딸의 생일 바로 다음 날이 남편의 기일이 되었으므로 그 후 몇 년 동안 생일 축하보다는 죽음에 대한 애도가 먼저였다. 막내 고모는 다섯 살이 되어서야 생일 미역국을 먹을 수 있었다. 고모는 언젠가 엷게 웃으면서 내게 이렇게 말한 적이 있다. 고모가 몸이 작은 게 태어났을 때 며칠을 아무것도 못 먹어서 그래.

홀로 5남매를 키워야 했던 할머니는 재봉틀을 돌리며 이불을 만들고 한복을 지었다. 언제부터 할머니의 등이 굽어서 펴지지 않았던 걸까. 기억 속의 할머니는 언제나 등이 굽어 있다. 할머니의 재봉틀이 나의 아버지와 고모들을 키웠다. 단칸방에서 여섯 식구가 지내던 시절이었다. 그 시절의 이야기를 나는 아득히 먼 옛날이야기처럼 들었다. 어린 시절 가난 속에서 보낸 아버지와 가난을 딛고 가방사업을 하는 아버지와의 거리감이 커 보였기 때문이다. 아버지는 배낭을 만드신다. 배낭이라는 품목을 선택한 건 우연이지만 할머니의 재봉틀을 보고 자라서가 아닐까 의문이 들 만큼 운명적이다. 할머니의 재봉틀은 이불을 만들었고 아버지의 재봉틀은 배낭을 만든다. 마치 할머니의 재봉틀은 아버지를 위한 오래된 예언 같다.

연출가이자 작가인 론 마라스코와 브라이언 셔프가 쓴 『슬픔의 위안』(현암사, 2019)에 이런 문장이 나온다. '한 사람의 삶을 가장 구체적이고 가장 분명하게, 가장 감동적으로 설명해 주는 것은 소지품이다. 물건은 우리가 어떤 사람인지 알려 주는 우리의 중요한 일부다. 나는 물건을 갖고 있다. 고로 나는 존재한다.'(55쪽) 시몬 느 보부아르는 돌아가신 어머니의 물건을 보고 '그 속에 생이 응결되어 있다.'고 회상한다. 사소했던 물건이 고인의 유품이라는 지위를 얻어 의미 있는 물건으로 승격한다. 나는 할머니를 재봉틀로 기억한다. 물건은 기억과 엉켜 붙어서 떠난 사람을 대신한다. 그래서 물건을 쉽게 폐기할 수가 없다.

사람이 가도 물건은 남는다. 버리지 않는 한 물건은 사람

물건은 기억과 엉켜 붙어서
떠난 사람을 대신한다.

보다 더 오랜 생명력을 지닌다. 필립 로스의 소설 『아버지의 유산』(문학동네, 2017)에서 뇌종양 진단을 받은 아버지가 쇠락해 가는 과정을 지켜보는 아들은 아버지의 물건을 간직하고자 한다. 그것은 면도용 컵이었다.

> 컵은 연한 파란색 도기로, 섬세한 꽃무늬가 앞쪽의 넓고 흰 사각형을 둘러싸고 있었고, 사각형 안에는 흐릿해진 금박 고딕 글자로 'S.로스'라는 이름과 '1912'라는 연도가 새겨져 있었다. 내가 아는 한 이 컵은 우리 집안의 가보로, 뉴어크의 이민자 시절에 누군가 마음먹고 챙겨둔, 낡은 스냅사진 몇 장 외에 손에 잡히는 유일한 물건이었다.(28쪽)

'S. 로스'는 필립 로스의 할아버지다. 할아버지에게서 아버지에게 전해진 면도용 컵은 여윳돈이 없는 집이었음에도 일주일에 한 번은 이발소에서 면도할 수 있었던 '여유'를 보여주고 있었다. 옹색한 삶에 자리 잡은 놀라운 사치품이었다. 무엇보다 필립 로스는 멀게만 느끼던 할아버지를 면도용 컵을 통해 보다 생생하게 할아버지를 기억한다. '오히려 나에게는 그가 죽은 뒤 우리 욕실에 오게 된 면도용 컵이 그를 훨씬

아름답고 쓸모없는 독서

생생하게 살려 내는 것 같았다.'

> 아버지가 면도용 컵을 간직하고 있다는 것은 상당히 놀라
> 운 일이었는데 물건에 얽힌 낭만적 감정과 기억을 모두
> 쓸모없는 것으로 취급하고 버리는 사람이었기 때문이다.
> 그래서 아내가 죽었을 때도 아버지는 어머니의 유품을 모
> 두 '내다 버렸다.' 아들이 볼 때 아버지의 모습은 미개해
> 보였다. '이런 본능은 문명화된 사회에서 사랑하는 사람
> 을 죽음으로 잃은 사람들의 상실감을 완화하기 위해 발전
> 해 온 모든 애도의식에 반하는 것이었다.'(35쪽)

   그런 아버지였기 때문에 면도용 컵은 더 특별한 의미를 지
녔는지도 모른다. 필립 로스는 아버지가 유언을 작성하는 과
정에서 상속자의 권한을 포기하는 것에 동의했지만 막상 '나
의 요청에 따라 상속자들 가운데서 내 이름을 없애다시피 했
다는 말을 듣자 의절당한 느낌'을 받았다. 예상하지 못했던
느낌은 오히려 자신이 원하는 바가 무엇인지 보다 분명히 알
게 되는 계기가 된다. 그래서 필립 로스는 말한다. 면도용 컵
을 갖고 싶다고. 그리고 그가 원하는 대로 면도용 컵을 받게
된다. '아버지의 유산'이었다.

사람이 죽으면 무덤에 묻지만 마음에 묻는다고도 말한다. 이제 더 이상 세상에 존재하지 않는 사람을 마음 한편에 공간을 만들고 그곳에서 살게 한다. 다시 말하면 애도 과정이다. 애도란, '그가 더 이상 우리와 함께 사는 사람이 아닌 걸 알면서도 그 죽은 사람을 살아 있는 사람으로 간직하는 것'(『사랑은 왜 아플까?』, 장 다비드 나지오, 한동네, 2017)이므로, 죽은 사람이 남긴 물건은 애도의 공간이 된다.

엄마는 할머니의 재봉틀을 유품으로 가져와 낡은 부분을 다듬고 탁자로 만드셨다. 할머니가 홀로 보낸 50여 년의 삶이 어떠했는지 결코 다 알 수 없지만 남은 재봉틀이 그 삶의 일부를 되살리는 것 같다. '엔틱 가구'가 된 재봉틀이 한편으로 낭만적으로 보여도 재봉틀을 돌리는 할머니의 삶은 전혀 낭만적이지 않았을 것이다. 할머니는 재봉틀을 돌리듯 자신의 삶을 멈추지 않고 돌렸으리라. 나는 이제 할머니의 삶을 떠올리며 더 이상 울지 않는다. 할머니는 떠났지만 할머니의 재봉틀은 여전히 이곳에 남아 이야기를 전한다. 물건은 이야기로 남는다. 이야기가 없다면 그 물건을 간직할 이유가 없다. 할머니는 이야기가 되었다.

북촌을 걷다

『북촌』(신달자)

신발장을 열고 운동화를 꺼냈다. 유독 손이 가는 운동화가 있다. 자주 신다 보니 뒤축은 굽어졌고 앞부분은 반질반질해졌다. 운동화 끈도 힘이 빠진 것 같다. 신발이 낡아지자 발을 감싸는 편안함이 찾아왔다. 처음 신을 때 뻣뻣했던 운동화는 어느새 내 발에 맞게 느슨해졌다. 느슨해진 운동화를 신고 길을 나섰다. 오래된 운동화처럼 편안한 곳, 오래되어서 더 좋은 곳, 북촌 한옥마을을 걸었다.

단풍이 든 북촌마을은 한옥과 어우러져 가을의 정취를 풍기고 있었다. 걷기 좋은 날이었다. 가을바람은 선선했고 북촌을 걷는 사람들의 표정은 즐거워 보였다. 삼삼오오 모여 한옥을 배경으로 사진을 찍는 사람들의 웃음소리가 경쾌했다. 한복을 입은 외국인들도 쉽게 볼 수 있었다. 한복의 빛깔이 넘실대는 북촌에서 외국인들의 모습은 경쾌함을 불어넣으며 부조화속에 조화를 이루고 있었다.

오히려 북촌과 조화를 이루지 못하는 건 나 자신이었다. 한옥 마을 사이에 흐르는 미로와 같은 골목길과 과거가 보존된 옛길에서 나는 길을 잃었다. 아파트에서 자라고 자로 잰듯이 반듯한 구획에 익숙한 나는 한옥과 한옥, 옛 건물들 사이에서 이어지고 이어지는 길이 낯설었다. 나를 키운 건 아파트 단지 안에 있는 놀이터와 아파트 앞 작은 마당이었다. 복사 붙이기를 한 것 같은 아파트 단지의 모습은 늘 예상 가능한 것이었으며 아파트의 편리함에 지금도 길들여져 있다. 반면에 600년 역사를 지닌 북촌마을에는 조선시대로부터 이어져 내려온 골목길과 근현대에 만들어진 길들이 공존하고 있었다. 예로부터 내려온 좁은 골목길은 편리함과는 거리가 멀었다.

계동은 골목으로 시작된다
골목이라는 고소한 양념이 북촌을 특촌으로 만들어 내는데
이 골목 저 골목이 모두 역사의 현장이다
어느 한 골목도 놓치면 안 되는 다정한 골목

그 골목 안에 역사의 부리부리한 눈이 있다

「계동 백 년」, 『북촌』, 신달자

신달자 시인은 북촌 골목에 있는 열 평 남짓한 한옥에 살게
되리라고는 생각하지 못했다고 한다. 북촌으로 이사 온 첫날,
새 노트에 '북촌'이라 쓰고 북촌의 장소들을 노트에 담았다.
환경이 주는 '경이와 감동이 줄어들기' 전에, 감동과 놀라움이
있을 때 시집 『북촌』(민음사, 2016)을 썼다. 시인은 '서울에 살면
서도 알지 못했던 북촌의 이야기가 너무 많았다.'고 한다. 북
촌에 대한 낯섦이 북촌의 이야기를 시로 담는 원동력이 된 것
은 아니었을까. 마치 북촌을 여행하는 여행자처럼.

나 역시 북촌의 낯선 골목길에서 여행자가 되었다. 여행자
가 가진 특권이 있다면 길을 잃어버리는 것이리라. 길을 잃
어버릴 때 새로운 길을 발견할 수 있을 테니까. 큰 길 옆으로
난 골목길에는 아기자기한 가게들이 줄지어 서 있었고 골목
길에 있는 문들은 어딘가 비밀스러워 보이고 다른 세계로 통
하는 입구처럼 보였다. 내가 모르는 이야기를 품고 있는 것
같은 골목길의 문들. 좁은 길로 들어가 문을 열면 어떤 풍경
이 펼쳐질까. 구부러진 골목길을 따라가야만 나오는 맛집은
마치 동굴처럼 몸을 숙이고 들어가야만 하는 낮은 천장으로

늘 무언가 채우려는 나에게
북촌의 골목길은 먼저 비우라고 말한다.

이루어진 곳이었다. 대낮이지만 어두운 실내는 어딘가 음산했다. 음식점 전체를 감싸는 음식 냄새 덕분에 음침함은 고유한 분위기로 느껴졌다. 가게가 허름하고 메뉴도 단출하지만 골목길에 있는 소박한 음식점의 풍경이 편안했다. 편안함에 몸과 마음을 기대고 싶어졌다.

골목길에서 느낀 편안함이 내가 잃어버린 무엇이었을까. 시간의 풍화작용을 이겨 낸 골목길에는 그 길이 주는 위엄과 새것이 주지 못하는 깊이가 있었다. 골목길의 역사는 저절로 얻어지지 않는다. 하루가 다르게 변하는 사회 속에서 골목을 유지하고 보존한다는 건 시간을 거스르고 역행한다는 의미다. 오래된 골목을 지워 버려야 할 주름으로 생각한다면 골목의 미래는 없다.

풍문여고를 거쳐 별궁길을 걸어 보라
좌로는 감로당길을 우로는 별궁길을 걷다 보면
잠시 흔들리는 마음도 화려한 이국길을 걷게 되리라
여기가 어느 나라인지
여기가 이상의 상상의 공상의 어느 나라 골목인지

「별궁길」, 『북촌』, 신달자)

안동별궁이 있던 별궁길에서 시인은 '화려한 이국길'을 떠올리고 '어느 나라 골목'인지 상상에 젖는다. 골목길에서 느껴지는 감각은 세계 다른 나라의 골목에도 있는 공통적인 것일까. 북촌의 골목을 보며, '유럽의 골목처럼 이국적이다!'라고 느낀 건 우연이 아니었다. 몇 해 전 다녀왔던 스페인 바르셀로나 여행에서 만난 골목이 떠올랐다. 바르셀로나 고딕지구에는 12세기에 지어진 건물과 건물이 나란히 어깨를 맞대고 오랜 시간을 견뎌 낸 모습이 고딕지구 특유의 분위기를 형성하고 있었다. 건물은 모든 과거를 알고 있었다. 과거를 안고 변함없이 서 있다는 것. 그리고 오래된 건물을 보존하는 현재가 있고 과거와 함께 살아가는 사람들이 그곳에 있었다.

머물렀던 호텔과 마주한 건물이 있었다. 창문을 열어 손을 뻗으면 닿을 것만 같았다. 매일 아침 창문을 열고 아침을 맞이했다. 10월의 서늘한 공기가 방 안으로 들어왔다. 맞은편 건물 창문에서 누군가 커튼을 젖히고 창문을 열고 인사해 주기를 은근히 기다렸다. 그렇게 인사를 하면 건물과 건물 사이에 있는 좁은 골목길의 거리조차도 사라질 것 같았다. 거리가 사라지면 이곳이 더 가깝게 느껴지지 않을까. 하지만 그런 일은 일어나지 않았다. 대신 골목길은 매일 아침 아이들의 목소리로 채워졌다. 골목길 끝에는 초등학교가 있었다.

500년 이상 된 건물들 사이를 오가는 길이 아이들의 등굣길
이었다.

학교 바로 옆에는 성당이 있었다. 건축가 가우디가 다녔다
는 산 펠립 네리 성당이었다. 성당 건물 표면에는 스페인 내
전 때 떨어진 폭탄 흔적이 선명하게 남아 있었다. 움푹 파인
구멍은 희생된 사람 수만큼 많았다. 예수님의 부활을 믿지 못
하는 의심 많은 도마처럼 폭탄 구멍에 손을 넣어 보았다. 손
가락 두세 개는 충분히 들어갈 만큼 큰 구멍이었다. 바르셀로
나 도시는 그 구멍을 메우지 않고 건물을 그대로 두었다. 성
당 문을 둘러싸고 있는 구멍들은 수많은 관광객들이 와서 한
번씩 만져 보는 역사적인 상처였다. 상처는 구경거리가 될 수
있는가. 상처를 극복하고 회복한다는 의미는 어쩌면 상처와
더불어 산다는 게 아닐까. 바르셀로나에게 스페인 내전이 지
울 수 없고 회복할 수 없는 상처라면 함께 안고 가야 하는 것
인가. 산 펠립 네리 성당에 남아 있는 폭탄 흔적은 비극적이
면서도 상처로 빛나고 있었다. 역사적 상처를 보러 오기 위해
찾아오는 행렬이 골목을 비추는 빛처럼 느껴졌다.

시간의 기억들이 아름답지만은 않다. 폐허처럼 폐기하고
싶은 과거의 기억인지도 모른다. 북촌에 여전히 남아 있는
일제 강점기에 만들어진 가옥처럼, 바르셀로나 고딕지구에

있는 산 펠립 네리 성당의 폭탄자국처럼, 상처를 환기하고 상처와 더불어 살고 있다. 상처는 그곳에 존재함으로써 배움과 성찰의 기회를 준다. 상처를 레이저로 지우듯 흔적을 없애버린다면 깨끗해질지는 모르나 우리는 그만큼 무언가를 잃어버릴지도 모른다. 대체할 수 없는 시간의 기억들을.

시간의 기억들이 지워진다. 오랜 시간 서 있던 나무들이 베어지고 쓰러진다. 얼굴의 주름을 지우고 매끈하게 정리되는 피부처럼 세월의 흔적을 지우고 새로운 건물이 올라선다. 아파트가 주거지보다 투기 목적이 된 사회에서 아파트는 시간의 기억을 유지하기 힘들다. 시간의 기억을 품고 있는 오래된 아파트는 교체되어야 할 대상이다.

도서관 옆에 낮은 동산이 있었다. 열람실 창문 너머로 나지막이 보이는 산은 잠시나마 책을 덮고 바라다볼 수 있는 훌륭한 휴식처이자 숨고르기였다. 그런데 동산이 있던 자리에 아파트 단지가 들어서면서 공사가 시작되었다. 아담한 동산은 순식간에 사라지고 텅 빈 자리에 철골이 세워졌다. 네 번의 계절이 지나니 아파트 모양새가 갖춰졌다. 입주가 시작되면서 지형과 풍경이 바뀌기 시작했다. 이제 도서관 창문 너머로 보이는 건 동산이 아니라 회색 빛 아파트다. 이제 더 이상 내가 알던 동네가 아니다. 동네의 모습은 이제 나의 기억

아름답고 쓸모없는 독서

속에만 존재한다. 연속성보다는 단절성을 본다. 손의 지문을 지우듯, 낡은 아파트의 흔적을 지우고 새로운 건물이 올라간다. 땅의 지문(地文)이 지워진다.

내가 잃어버린 것은 땅의 지문이었다. 땅의 지문이 지워진 곳에서 태어나고 자랐다는 것을 북촌에 와서 알게 되었다. 땅의 지문을 간직한 북촌 골목길에는 수직보다는 수평, 직선보다는 곡선이 존재했다. 한 건물이 오랫동안 그 지역의 풍경과 어우러지면서 만들어 낸 이야기와 시간이 그곳에 있었다. '땅의 지문'은 건축가 승효상이 한 말로 책 『빈자의 미학』(느린걸음, 2016)에 나온다. 빈자가 아름다울 수 있는가. '빈자의 미학'은 다른 말로 '비움의 미학'이다. 가짐보다 쓰임을, 더함보다는 나눔을, 채움보다는 비움을 중요시 여긴다. 북촌 골목에 있던 신달자 시인이 살았던 한옥 집 이름은 '공일당(空日堂)'이었다. 다 비우라는 의미를 담고 있는 '공일당'에서 시인은 '비움의 미학'을 새겼을까. 늘 무언가 채우려는 나에게 북촌의 골목길은 먼저 비우라고 말한다. 나의 오래된 운동화가 땅의 지문을 알아 가는 시간이었다.

환대의 씨앗

『사람, 장소, 환대』(김현경)

몇 해 전 스페인 바르셀로나로 가족여행을 떠났다. 아이들과 처음 가는 유럽여행이었다. 여느 유럽도시처럼 바르셀로나 역시 도시 전체가 박물관으로 느껴졌다. 거리 곳곳에 건축가 가우디의 흔적이 스며들어 있어서 걷는 만큼 도시를 감상할 수 있었다. 몸이 고될수록 감상의 범위가 넓어진다고 할까. 하지만 10분 이상 걷기 힘들어하는 어린아이들에게 무리한 일정을 요구할 수는 없었다. 대신 장래희망을 축구 선수로 적는 아이가 좋아할 만한 일정을 넣었다. 바로 축구 경기 관람.

RCDE 경기장에서 스페인 리그를 관전했다. 경기장은 숙소와 떨어져 있어서 이동하는 데 시간이 걸렸다. 결국 조금

아름답고 쓸모없는 독서

늦게 도착했고 경기가 시작하자마자 터진 첫 골을 놓쳤다. 사실 나는 아무래도 좋았다. 경기장에 있다는 것만으로 흥분이 되었으니까. 그런데 아이들과 남편은 나와 달리 놓친 골을 몹시 아쉬워하며 경기를 지켜보았다. 사람들의 열기는 대단했다. 자칫하면 몸싸움이 일어날 것처럼 응원은 열렬하면서도 폭력적인 면이 있었다. 경기가 김빠진 콜라처럼 진행되자 사람들의 열띤 응원도 조금 수그러들었다. 우리는 조금 일찍 경기장을 나가기로 했다. 사람들이 한꺼번에 나가면 복잡할 것 같다는 판단에서였다. 경기종료 5분 전에 경기장을 나왔다. 그런데 얼마 후 '와~' 하는 함성이 터졌다. 골이구나. 그렇게 기다렸던 골이었는데 경기장을 나오자마자 터지다니. 이 무슨 고약한 타이밍인가. 우리는 늦게 도착해서 첫 골을 놓쳤고 조금 일찍 나와서 마지막 골을 놓쳤다.

그런데 이보다 더 고약한 일이 기다리고 있었다. 남편과 나의 핸드폰이 모두 방전이 되어서 사용할 수 없게 된 것이었다. 핸드폰으로 길을 찾던 우리에게는 몹시 난감한 일이자 여행 최대의 위기였다. 어떻게 숙소로 돌아가야 하나. 우왕좌왕하는 사이 일찍 나온 보람도 없이 경기가 끝나고 빠져나오는 사람들 물결 속에 휩싸였다. 택시를 잡기는 더욱 어려웠다. 교통정리를 하는 경찰에게 지하철역을 물었다. 스페인

어가 반 이상 섞인 알아듣기 힘든 영어였지만 이곳에서 멀다
는 것만은 분명했다. 선택의 여지없이 목적지를 알 수 없는
길을 걸었다. 많은 인파는 어느새 사라지고 어두운 거리에는
우리 가족뿐이었다. 방전된 핸드폰을 맥없이 들고 있는 나와
남편과 배고프고 졸려 칭얼대는 아이 둘이 있었다.

　멀리서 스페인 가족이 지나갔다. 대가족이었다. 할아버지
부터 어린 아이들까지 보였다. 하늘에서 내려온 동아줄이라
고 여기며 가까이 다가가 길을 물어보았다. 지하철역까지 어
떻게 가야 하나요. 영어와 스페인어 그리고 몸짓으로 우리의
난감함과 난처함을 표현했다. 따라오세요. 암담함에 한 줄기
빛이 들어오는 순간이었다. 스페인 여자는 말이 아니라 눈빛
으로 말하고 있었다. 아 살았구나. 거리낌이나 망설임 없는
몸짓이었다. 눈빛과 몸짓은 믿음의 신호가 되었고 우리는 신
호를 따라 길을 걸었다. 스페인 8인 가족과 한국 4인 가족이
긴 대열을 이루며 가로등 불 꺼진 거리를 걸었다. 긴장했던
마음이 누그러지면서 안정을 찾아갔다. 알아들을 수는 없지
만 스페인 아이들은 걷는 내내 경기에 대한 이야기로 열을 올
리는 것 같았다. 한없이 늘어진 것 같은 언덕을 오르고 계단
을 올라도 끝이 보이지 않는 길을 걷고 또 걸었다. 여행객이
결코 알 수 없을 것 같은 구석진 길이었다. 얼마나 더 걸어야

　　　　　　　　　　　　아름답고 쓸모없는 독서

할까. 어두운 거리 사이로 사이프러스 나무 두 그루가 그림처럼 서 있었다.

드디어 지하철역이 나왔다. 끝이라고 생각할 때쯤 집으로 돌아가는 길이 시작되었다. 스페인 가족 중 유일하게 영어가 통하는 남자와 남편이 이런저런 대화를 나누었다. "우리 때문에 길을 돌아간 거였어." 남편이 말했다. 아 그랬던 거구나. 그 가족은 우리 때문에 방향을 틀고 일부러 멀리 돌아간 것이구나. 어떻게 그럴 수 있었을까. 늦은 시간인데도 말이 통하지 않는 이방인에게 자신의 시간을 내어 주고 기꺼이 함께 걸었다니. 마음 한구석이 뻐근해졌다. 오랜만에 느껴 보는 기분이었다. 그들이 베푼 친절은 단순한 친절 이상의 친절로 다가왔다. 30분 정도 낯선 밤거리를 함께 걸으며 생겨난 호감 덕분에 바르셀로나는 나에게 잊지 못할 도시가 되었다.

김현경의 『사람, 장소, 환대』(문학과지성사, 2015)에서 '환대란 타자에게 자리를 주는 행위, 혹은 사회 안에 있는 그의 자리를 인정하는 행위'라고 말한다. 사람이 된다는 것이 사회 안에서 자리, 장소를 갖는 의미라면 우리는 그들의 환대를 통해 여행자로서 '사람'이 될 수 있었다. 여행자는 임시로 머물고 돌아갈 사람들이지만 스페인 가족은 한국이라는 나라에서 온 이방인의 어려움을 외면하지 않고 시간을 들여 길을 안

내해 주었다.

그들의 환대는 한쪽 귀퉁이를 접어 두고 기억할 만한 페이지가 되었다. 그 페이지를 펼치며 환대의 의미를 곱씹게 된다. 아마 그건 우리 가족이 바르셀로나에서 보이지 않는 존재에서 보이는 존재가 되었기 때문이 아니었을까. 관광산업이 주요 수입원인 바르셀로나에서 우리는 수많은 여행자 중 하나였으며 그들이 익숙하게 스치는 여행자 중 하나일 뿐이었다. 부유하듯 보이지 않는 사람처럼 다니다가 현지인들과 대화하고 길을 같이 걸으면서 그 사회에 잠시나마 접속했다는 느낌이었다. 마치 빈 색칠공책에 색이 칠해진 것처럼 환해지는 순간이었다.

환대 덕분에 바르셀로나에 온 낯선 이방인이 아니라 손님이 되었다. 그들의 환대는 '보답을 요구하지 않는 환대'였다. 우리는 어떤 주소나 연락처도 교환하지 않고 헤어졌다. 두고두고 아쉬움으로 남는다. 고맙다는 말로도 부족한 그들의 환대를 아무런 대가 없이 받은 셈이었다. 순수한 선물이었다. 데리다의 말을 빌리면, 선물이 진짜 선물이 되기 위해서는 '경제적인 순환'의 과정을 보류하는 것이 필수이다. 그 선물에 대해 응답을 하는 순환적 구조 안에서는 선물의 의미가 퇴색된다는 말이다. (『환대예찬』, 왕은철, 현대문학, 2020) 환대라는 선물에 응답을 하려면 경제적 순환을 벗어나 다른 방식으로 응답되어야 하리라.

올해 발발한 신종 코로나바이러스(COVID-19) 팬데믹 상황으로 여행이 예전처럼 자유롭지 않다. 자유로운 여행이 가능하려면 몇 년은 더 기다려야 한다는 뉴스를 읽는다. 여행자가 되기 어려우니 여행지에서 받는 환대도 언감생심이다. 여행은커녕 일상생활에서 사회적 거리두기라는 이름으로 사람들 모임을 제한하고 공공시설도 문을 닫는다. 바이러스는 경계 없이 활개 치는데 바이러스를 통제하기 위해 집 밖 외출을 자제해야 하는 아이러니를 경험한다. 사회적 거리두기로 사람들 사이 거리는 멀어지는데 한 집안에 사는 가족들 간 거리는 빈틈없이 가까워진다.

환대가 실종되었다. 환대하기 어렵고 받기도 어려운 시절이다. 환대의 행위가 오히려 감염 유발 위험이 있어 경계심을 불러일으킨다. 대면이 아닌 비대면 환대가 가능할까? 새로운 환대 방식을 고민해 봐야겠지만 환대가 '타자에게 자리를 주는 행위, 혹은 사회 안에 있는 그의 자리를 인정하는 행위'이기에 환대의 정신은 더욱 지켜져야 한다. 바이러스 출몰로 자리를 잃은 사람에게 자리를 인정하는 행위만큼이나 소중한 건 없을 테니까 말이다. 바이러스 위협이 무서운 건 사람의 자리를 빼앗고 사람으로 역할을 수행할 수 없게 만든다는 데 있다. 바이러스 공격에 지지 않으려면 무엇보다 사람임을 지키고 지켜 주는 데 있을 것이다.

'환대와 사랑은 삶을 살아가는 과정에서 알게 모르게 우리의 마음에 뿌려지는 씨앗으로 생각하는 게 더 적절할지 모른다. 누군가에게 받은 사랑과 환대가 씨앗일 수도 있겠고, 누군가가 보여 주는 사랑과 환대의 모범이 씨앗일 수도 있을 것이다.'(『환대예찬』, 136쪽) 바르셀로나에서 내가 느꼈던 찌릿함은 스페인 가족이 나에게 뿌린 환대의 씨앗이었다. 그들이 보여 준 환대를 내가 다른 이들에게 돌려줄 때 그것이 내가 받았던 뜨거운 환대에 대한 나의 답장이자 응답이 될 것이다. 환대의 선순환이 아닐까. 바르셀로나에서 만난 환대의 의미를 다시 생각해 보는 요즘이다.

토지와 호미

『토지』 (박경리)

박경리의 소설 『토지』(나남, 2007) 21권을 읽는 데 1년이 걸렸다. 구한말인 1897년부터 일본 식민지에서 해방되는 1945년을 배경으로 펼쳐지는 이야기를 단번에 읽을 수가 없어서였다. 끝없이 펼쳐지는 이야기에 현기증을 느껴서 읽는 도중 몇 달을 쉬기도 했다. 『토지』는 작가가 25년 동안 자기 차단 속에서 쓴 작품이다. '내 장례식에 아무도 오지 않을 것'이라고 말할 정도로 가족과 지인들을 돌보지 못하며 철저한 고독 속에서 썼다. 유방암 수술을 받고 가슴에 붕대를 감고 원고를 썼던 일화는 유명하다. 작가가 그토록 힘들게 쓴 작품이어서 읽는 데도 힘에 부친다. 하기는 높은 봉우리를 오르는 데 힘이 드는 건 이상한 일이 아니다.

씨름하며 읽는다는 의미를 알려 준 소설이라서 오래 남아 있다. 소설 속 인물들이 희미하게 드리운 긴 그림자처럼 아른거렸다. 그림자의 실체를 확인하듯 작품에 더 가까이 가고 싶은 마음은 자연스러웠다. 기대와 들뜬 울렁거림을 안고 강원도 원주에 있는 박경리 문학공원을 방문했다. 첫 방문은 2016년 8월, 두 번째 방문은 2019년 8월이었다. 문학공원 곳곳에 토지의 날을 기념하는 행사 현수막이 걸려 있었다. 토지의 날은 8월 15일이다. 8·15 광복을 맞이하는 장면이 소설 『토지』의 마지막 대목이고 소설이 완성된 날 역시 (1994년) 8·15라서 그렇다. 하나의 거대한 산맥을 이루는 소설을 기억하고 기념하는 행사들을 8월 박경리 문학공원에서 만날 수 있었다.

『토지』 등장인물에게 쓴 편지가 문학공원 길을 따라 가로등처럼 서 있었다. 누구에게 쓴 편지가 많을까 궁금해하면서 구경했다. 주인공이라고 생각되는 최서희의 이름은 찾기 어려웠다. 오히려 주변인물이라 여겨지는 조병수나 이상현, 용이, 월선에게 쓴 편지를 읽을 수 있었다. 3만 장이 넘는 원고지로 전 5부 21권으로 완성된 작품에는 600여 명의 인물이 등장한다. 작가는 모든 등장인물에게 저마다의 이야기를 부여한다. '사람 하나하나의 운명, 그리고 그 사람의 현실과의

아름답고 쓸모없는 독서

대결을 통해서 역사가 투영됩니다.'라는 말처럼 토지 인물들 한 사람 한 사람의 삶이 곧 역사가 된다.

작가는 잠깐 등장하고 사라지는 인물도 소홀히 다루지 않는다. 인물의 죽음을 다룰 때도 신분의 높고 낮음이 없고 부자와 빈자를 구별하지 않는다. 작가가 편애하는 인물이 있다면 그건 한(恨) 많은 인물이다. 역병이 돌 때 최참판댁 윤씨 부인의 죽음은 간단히 한 문장으로 처리되지만 무당의 딸 월선의 죽음에 대한 서술은 마치 한을 달래 주는 진혼곡 같다. 무당의 딸이라는 이유로 차별받고 평생을 사랑하는 용이의 그림자로 머물러야 했던 월선의 마지막이 독자의 기억 속에 오래 남는다. 한편 중심인물이자 이야기의 한 축을 끌고 갔던 서희와 길상의 결혼은 구체적인 설명 없이 넘어간다. 오래도록 궁금증과 긴장감을 자아냈는데 대수롭지 않게 지나가다니. 독자로서 어리둥절하지만 작가의 무심함은 등장인물과 사건 모두 역사라는 도도한 물결 속에서 흐르고 있음을 보여 줄 뿐이다.

토지 위에 존재하는 모든 운명의 비극, 생명의 숙명. 제 생각 속에는 글을 쓸 때 강물이 흐르듯이, 한 개인을 영웅이나… 그런 것을 만든다기보다도 영웅이나 등짐장 수, 작부나…이런 모든 못난 사람이나 잘난 사람이나…
이것을 생명의 홍수로 저는 생각하는 거죠. 그 시간을.
이 공간에서 그 생명들이, 무수한 생명들이 흘러가는.

(『가설을 위한 망상』, 박경리, 나남, 2007)

작가가 구상한 소설의 뼈대는 역사의 격랑 속에서 부침을 겪은 한 가문의 이야기가 아니라 호열자, 황금빛 벼, 죽음과 삶이었다. 외할머니가 전해 준 1902년 호열자가 창궐한 이야기는 작가의 마음속에서 20년 동안 숙성되면서 『토지』로 탄생했다. 호열자가 들이닥쳐 마을의 많은 사람들이 죽었는데 말을 타고 전답을 둘러보러 다녔다는 그 집안은 여식아이 하나를 남겨 놓고 가족이 모두 몰살을 했다는 이야기. 논에는 벼가 누렇게 익었는데 벼를 베고 추수할 사람이 없었다는 이야기가 소설 『토지』의 원형이었다.

『토지』를 읽다 보면 이해되지 않는 삶은 없다. 『토지』를 읽고 나서 정신적으로 한 뼘이 자랐다고 느끼는 이유는 아마 이해 불가한 삶을 조금 이해하게 되었기 때문이리라. 한 문장으로 설명할 수 없지만 삶이란 원래 그렇게 수많은 모순과 아이러니로 이루어져 있다고 토지의 인물들은 말한다. 원수로 지내는 인물에게 손을 벌려야 하는 상황, 자신의 힘으로 어찌

아름답고 쓸모없는 독서

할 수 없는 상황. 그것을 운명이라고 부른다면 토지의 많은 인물들은 운명의 굴레에서 비관하거나 순응하거나 벗어나기 위해 몸부림친다.

『토지』 내내 악역으로 등장하는 조준구가 있다. 최참판댁 재산을 노리고 눈앞에 이익을 위해서라면 물불을 가리지 않는 인물이다. 유유상종인지 조준구는 그만큼 탐욕스러운 홍 씨 부인을 만나 결혼한다. 욕심 많은 부모 사이에서 태어난 꼽추도령, 조병수. 그는 '기괴스러운 몸'을 지녔지만 '곱상한 얼굴'을 하고 태어났다. 부조화가 낳는 신비스러움이 그에게 있었다. 극악무도한 부모와 정반대로 맑고 유리 같은 선한 성품을 지녔다. 부모는 불구로 태어난 그를 부끄럽게 여기며 학대하고 구박했다. 아들은 그런 부모의 재산으로 자신의 삶이 연명되고 있음이 몹시 부끄러웠다. 신체가 불구라서 죽을 수도 없었다.

"내가 불구자로 태어난 것도 운명이며 저런 부친의 아들로 태어난 것도 운명이다. 운명을 어찌 거역하겠느냐." 기나긴 세월 끝에 조병수는 자신의 운명을 받아들이고 자기 앞에 놓인 생을 인정한다.

나는 조병수의 운명에의 긍정이 눈물겹다. 자신을 버린 아버지였지만 그는 중풍으로 병든 아버지를 집에 모신다. 오로지 자식 된 도리를 다하기 위해서. 조준구는 아들에게 고마워하기는커녕 안하무인이다. 하지만 조병수는 통곡하며 아버지를 가엽고 불쌍히 여긴다. 자신을 가장 고통스럽게 했던 불구의 몸과 부모 덕분에 '겸손하고 겉보다 속을 그리워하게' 되었다고 인정하기까지. 그는 얼마나 많은 마음의 굽이를 건너야 했을까.

조병수가 겪은 마음의 굽이가 위대한 이유는 부모가 저지른 악의 고리를 끊어 냈다는 데 있다. 그는 부모의 악을 물려받는 대신 그 악을 끊어 내고 자신의 삶을 살아가는 힘으로 바꾸어 냈다. 악을 악으로 갚지 않았다. 그가 악으로 갚는 순간 자신이 미워했던 부모와 같은 사람이 될 것이므로. 꼽추라는 혹과 부모라는 혹을 탓하지 않고 주어진 운명에 긍정하고 자기 삶을 창조하는 것. 이전까지 그에게 삶은 산다는 것 자체가 투쟁이요 싸움이었다면 수동적인 삶에서 능동적인 삶으로 변화했다. 그는 나무를 다루는 목수 일을 통해 삶이라는 예술을 만들어 냈다.

어디 가서 토로하고 이해받을 수 없는 운명의 굴레를 『토지』 속 인물들에서 읽는다. 『토지』를 붙잡고 끝까지 읽을 수 있었던 원동력은 나의 삶을 이해하고 싶은 바람에서 비롯되었다. 이해할 수 없는 상황과 설명되지 않는 일들을 이해하

토지는
문학적 토양이자 삶의 토양이었다.

기 위해 『토지』라는 거대한 이야기의 바다에 빠졌다. '삶에는 어떤 운명적이고 심연과도 같은 함정이 있게 마련'이기에 나는 인물들이 겪는 함정에 나의 함정을 대입해 보며 '삶의 함정'을 이해했다. 푸쉬킨의 시구처럼 '삶이 그대를 속일지라도 슬프거나 노하지' 않기 위해서.

박경리는 삶이란 모순이라고 말한 바 있다. '탄생과 죽음, 긍정과 부정이 서로 부딪히는 생명의 모순'이 생명의 핵이다. 박경리 문학공원에 조성된 길을 따라 걸었다. 길 끝에 닿으면 선생의 옛집이 나온다. 집 마당에는 바위에 앉아서 쉬고 계신 박경리 선생님의 모습을 담은 동상이 있다. 그 옆에 소설 『토지』 위에 함께 놓인 호미 조각상이 있는데 작가의 삶을 정확히 반영했다는 생각이 든다. 자연은 토지가 탄생하는 공간이자 이야기의 근원이었기 때문이다. 마당에는 손수 고추를 심고 직접 채소를 기른 텃밭도 있다. 작가에게 자연은 치유의 공간이자 생명의 공간이었다. 단 하루도 빠뜨리지 않고 20년 넘게 꾸준히 고추농사를 지었다. 취미가 아니라 농부로 지은 농사였다. '그의 갈퀴 갈퀴에서 글의 실마리를 풀어낸다.' 고추농사는 그에게 문학보다 더 귀한 삶의 진실을 가르쳐 주는 의식이었다. (276쪽) 과연 작가가 배운 삶의 진실은 무엇이었을까. 남편을 잃고 자식을 잃고 사위의 옥바라지를 해야 했던 그 삶을 갈퀴 갈퀴 긁어모으며 어찌할 수 없는 운명에의 순응을 배우는 시간이었을까. 『토지』 속 인물들의 삶의 굽이를 읽는다. 토지는 문학적 토양이자 삶의 토양이었다.

결핍은 예술이 된다

툴루즈 로트레크와 조병수

　내가 좋아하는 소설 속 주인공은 모두 결핍을 지녔다. 빨강 머리 앤은 생후 3개월에 부모를 잃었고 『토지』의 서희는 엄마 없이 자랐다. 『몽실 언니』의 몽실은 결핍 그 자체였다. 작가들도 전쟁을 겪거나 가족을 잃거나 한눈에 보아도 감사할 조건보다 감사하지 않을 조건이 더 많은 사람들이었다. 그럼에도 불구하고 그들은 결핍 속에서 자신만의 삶의 비단을 짰다. 결핍을 원동력으로 삼는 삶이었다. 예술은 결핍 없이 존재하기 힘들고 오히려 '결핍을 먹고 자란다.'는 말을 증명하듯, 예술가의 삶에서 결핍을 본다. 물질적 결핍, 신체적 결핍, 관계적 결핍 등 수많은 결핍은 예술의 질료가 된다.

　후기 인상주의 화가 툴루즈 로트레크(1864~1901)는 '나의 다리가 조금 더 길었다면 나는 그림을 그리지 않았을 것이다.'라고 말했다. 그는 툴루즈 가문의 귀족으로 태어났지만 부모님의 근친혼으로 유전적 결함을 갖고 있었다. 당시 귀족 사회에서는 부와 세력을 유지하기 위해 근친혼이 전통으로 자리 잡고 있었던 탓이다. 로트레크는 열 살 무렵 다리가 부러지는 사고를 당해 치료를 받았지만 모두 헛되이 끝나고 더이상 성장하지 않은 채 성인이 되었다.

　로트레크의 다리가 조금 더 길었다면 그는 정말 그림을 그리지 않았을까? 로트레크는 어릴 적부터 그림 그리기를 좋아하고 그림에 재능이 있었지만 귀족에게는 취미에 불과했다. 만약 그가 건장했다면 그림 그리기보다 말을 탔을지도 모른다. 로트레크의 아버지 툴루즈 백작처럼, 아버지가 바랐던 대로 사냥을 하며 귀족의 생활을 영위했을 것이다. 로트레크는 허약한 신체 때문에 아버지에게 인정받지 못했고 말을 몹시 사랑하는 마음은 그림으로 옮겨 갔다. 로트레크는 말을 그리며 상상 속에서 말을 탔다. 실제 타는 것보다 더 자유롭게. 그는 평생 말 타는 꿈을 꾸지 않았을까. 정신착란을 겪고 생의 불꽃이 꺼져 가는 중에 그린 그림 〈기수〉(1899)는 역설적으로 넘치는 생동감을 보여 준다. 그가 평생 사랑했던 말은 곧 그의 결핍이었다.

툴루즈 로트레크, 〈기수〉, 51.5x36.3cm, Oil and Watercolor, 1899.

사랑은 결핍을 반영한다. 아이러니하게도 환락가에서 생활하며 그림을 그릴 수 있었던 이유는 그의 신체적 결핍 덕분이었다. 로트레크가 매춘 여성들의 일상사를 그릴 때 여성은 그를 남자로 인식하지 않았기에 함께 머물 수 있었다. 결핍은 기회를 열어 주는 동시에 기회의 한계였다. 로트레크가 사랑했던 물랭 루주의 스타 잔 아브릴은 로트레크와 친분을 쌓았지만 그의 연인이 될 수는 없었다.

로트레크는 신체적 결핍에 대한 반대급부로 활력 넘치는 공간 물랭 루주와 카바레에 이끌렸다. 그는 집에서 나와 몽마르트에 있는 카바레에서 생활하면서 그림을 그렸다. 그에게 없는 것이 그곳에 있었다. '체력이 약했던 로트레크는 화려한 세계, 매력적인 육체적인 능력과 힘에 매료되었다.' 로트레크는 비록 직접 누리지 못했지만 아웃사이더의 시각으로 그들이 즐기는 쾌락을 바라보았다. '다른 예술가들이 거부하고 수치스럽다고 생각했던 장소에서 로트레크는 자신의 본질을 찾았던 것'이다. 그는 보통과 다른 몸을 갖고 있어서 다르게 볼 수 있었을까. 화가에게 다르게 보는 눈이 필요하다면 로트레크에게는 '추함에서 아름다움을 찾을 수 있는 눈'이 있었다. 로트레크는 추하게 여겼던 자신의 몸에도 아름다움이 있음을 증명하고 싶었는지도 모른다. 그는 추하고 수치스럽게 여겨지는 대상을 편견 없이 바라보았다. 그 스스로가 편견 없는 대우를 받고 싶어 했듯이.

로트레크의 삶을 읽고 있으면 소설가 박경리(1926~2008)가 떠오른다. '내가 행복했더라면 나는 글을 쓰지 않았을 것이다.'라는 말 때문이다. 행복의 결핍이 글쓰기의 원동력이었다고 고쳐 읽을 수 있을까. 소설 『토지』에는 600여 명의 인물이 등장한다. 1897년부터 1945년 광복까지 수많은 인물들이 만들어 내는 이야기가 파노라마처럼 펼쳐진다. 소설 인물 중에 꼽추도령 조병수는 로트레크와 닮은 점이 많다. 비록 소설이지만 로트레크와 마찬가지로 신체적 결핍을 겪으면서 예술을 만들어 내는 인물이다. 조병수는 『토지』에 등장하는 대표적인 악역 조준구의 외아들이다. 틀루즈 백작 로트레크의 아버지가 아들을 신체적 결함이 있다는 이유로 인정하지 않았듯이 조준구 역시 꼽추라는 이유로 아들을 인정하지 않았다. 로트레크와 조병수는 신체적 결핍이 주는 외로움과 끊임없이 싸워야 했다.

부모는 불구로 태어난 조병수를 가엾게 여기기보다 부끄럽게 여기며 구박했다. 아들은 부모의 온갖 추악하고 패악한 짓으로 얻은 재물과 재산으로 자신의 목숨이 연명된다는 사실이 부끄러웠다. 신체가 불구니 도망갈 수도 없고 죽을 수도 없었다. 그런데 조준구와 홍씨 부인이 줄행랑을 치면서 조병수는 뜻하지 않게 부모와 결별하게 된다. 치욕스러운 인생을 끝내고자 하지만 생명에의 집착 때문에 스스로 죽기를 포기한다. 어느 날 기적처럼 통영에서 소목방 일자리를 얻게 된다. '그를 구원한 것이 바로 소목 일이었다.' 조병수는 소목장이가 되어 제 손으로 밥벌이를 하고 한 가정의 가장이 되어 자긍심을 얻게 된다.

'불구자가 아니었다면 나는 꽃을 찾아 날아다니는 나비같이 살았을 것입니다. 화려한 날개를 뽐내고 꿀의 단맛에 취했을 것이며 세속적인 거짓과 허무를 모르고 살았을 것입니다. 내 이 불구의 몸은 나를 겸손하게 했고 겉보다 속을 그리워하게 했지요. 모든 것과 더불어 살고 싶었습니다.'(『토지 21권』, 나남, 2002) 조병수의 신체적 결핍은 그의 눈을 열어 주었다. 그의 고백처럼 꿀의 단맛에 취하지 않고 겉보다 속을 그리워하는 사람이 되었다. 불구의 몸, 신체의 결핍이 만들어 낸 비극적 삶이 조병수를 명장으로 이끌었다.

다리가 길었다면 그림을 그리지 않았을 것이라고 말하는 로트레크와 불구자가 아니었다면 나비같이 살았을 것이라고 말하는 조병수. 후기인상주의 프랑스 화가와 『토지』 속 인물의 비교가 억지스러운지도 모르겠다. 하지만 신체적 결핍이 예술로 이끌었다는 점에서 두 사람은 닮았다. 타고난 장애가 그들을 어떻게 구속했고 동시에 어떻게 자유롭게 해주는지, 부유하게 태어났지만 신체적 결핍으로 그들이 어떻게 소외되고 그들만의 삶을 개척해 가는지를 알고 싶었다.

모든 결핍이 예술을 낳는 건 아니지만 예술은 분명 결핍을 필요로 한다. 로트레크와 조병수의 결핍은 예술이 되었고 예술은 결핍을 통해 새로운 세계를 창조했다. 로트레크의 그림은 결핍의 산물이다. 다시 말해 '그의 다리가 길었다면' 탄생하지 않았을 작품이다. 예술로 이어질 수 있는 결핍이라면 결핍은 더 이상 결핍이 아닐 것이다.

아름답고 쓸모없는 독서

일상을 발명하기

김영갑과 호르헤 루이스 보르헤스

제주도를 처음 방문하는 사람에게 꼭 소개하고 싶은 갤러리가 있다. 제주도 동쪽 끝 성산읍에 있는 〈김영갑갤러리두모악〉이다. 제주도까지 와서 무슨 갤러리에 가느냐, 묻는다면 제주도의 숨은 풍광을 볼 수 있다고 소개할 것이다. 숨은 풍광은 숨어 있기 때문에 잘 보이지 않고 잘 보이지 않아서 신비롭다. 아름다움이 발견하는 자의 몫이듯 제주의 신비로운 풍경도 발견하는 사람에게만 그 속살을 보여 준다. 제주의 속살을 보고 싶다면 갤러리 두모악에 가야 한다.

사진작가 김영갑(1957~2005)은 '1982년 제주도의 풍광에 홀려 그곳에 정착, 20년 가까이 오로지 제주도의 중간산 들녘을 필름에 담는 일에 전념'했다. 제주의 변덕스러운 날씨와 무관하게 그는 카메라를 들고 제주 곳곳을 누볐다. 밥벌이 안 되는 일인 줄 알면서도 사진만은 포기할 수 없었기에 그는 배고팠지만 필름을 사는 데 돈을 아끼지 않았다. 아무도 주목하지 않았던 제주의 중간산 오름에서 제주인의 생활과 정체성을 담기 위해 비가 오나 눈이 오나 오름을 지켰다. 시시각각 변하는 오름의 모습을 위해, 금방 사라지는 황홀한 아름다움을 포착하기 위해 몇 시간을 기다렸다. '형상도 없는데 사람을 황홀하게 하는 그 무엇'을 찍기 위해서. 그 무엇이 아름다움의 비밀 아니었을까. 쉽게 포착할 수 없는 순간에 영원한 아름다움이 숨어 있다는 비밀을 그는 알고 있었다. '시인들이 일상에서 느낄 수 없는 새로움을 표현하듯, 눈에 익숙해진 평범한 풍경 속에서 보통 사람들이 느낄 수 없는 무엇인가를 표현'하기 위해 보고 또 보았다. 바다에 물드는 태양의 붉은 그림자를, 하늘에 번지는 태양의 청잣빛을, 바람의 강약을, 구름의 움직임을. 언어로 설명이 불가능한 아름다움을 카메라에 담았다. 말로 담을 수 없어서 사진에 제목이 없다. 보고 느끼는 바가 제목이 된다.

사진에 대한 중독이 치명적이었을까. 그는 사진을 얻는 대신 건강을 잃었다. 운동신경이 퇴행하는 루게릭병이었다. 나중에 그는 셔터 누르기도 힘겨울 만큼 움직일 수 없었으나 욕심을 부릴 수 없게 되니 비로소 평화롭다고 말했다. 휴지 한 장 들어 올릴 수 없을 때 몰입은 오히려 구원이 되었다. 몰입만이 아프다는 사실을 잊게 했기 때문이다. 그렇게 아픈 몸을 이끌고 폐교한 초등학교를 임대해 갤러리 만들기에 착수했다.

〈김영갑갤러리두모악〉은 삶과 맞바꾼 것이나 다름없는 힘겨운 작업이었다. 근육이 퇴화해서 몸을 제대로 가눌 수 없는 상태에서 마지막 남은 기운을 그러모았다. 『노인과 바다』에 나오는 헤밍웨이의 말처럼 병은 그를 '파괴했지만 그는 패배하지 않았다.' 김영갑에게 갤러리 작업은 길 끝에서 만난 또 다른 길이었다.

아르헨티나 작가 호르헤 루이스 보르헤스(1899~1986)는 시력을 잃었을 때 아르헨티나 국립도서관장직을 맡게 된다. 삶에 대한 농담 같은 아이러니다. 보이지 않는다고 길이 끝난 것이 아니라 오히려 새로운 길이 열렸다. 보르헤스는 '보이는 어둠' 속에서 읽기에 더욱 몰입했다. '삶의 전반기에 빛에서 조용히 읽고 글을 썼다면, 후반기에는 어둠에서 다른 사람에게 글을 받아쓰게 하고, 또한 글을 읽어 주게 했다.' 그는 읽고 또 읽기만큼 좋은 것은 없다고 말한다. 보르헤스에게 가장 행복한 일은 읽은 책을 다시 읽는 것이다. 이미 읽었기 때문에 더 깊이 들어갈 수 있고, 더 풍요롭게 읽을 수 있어서다. 보르헤스는 세르반테스의 『돈키호테』를, 단테의 『신곡』을 마크 트웨인의 『허클베리핀의 모험』을 읽고 또 읽었다. 책을 반복해서 읽으며 그 자신이 하나의 책이자 도서관이 되었다. 보르헤스는 말한다. 나의 뇌는 수많은 인용문으로 이루어져 있다고. 덕분에 그는 말년에 세계를 여행하며 구술문학을 전할 수 있었으리라.

보르헤스는 '보는 것은 맹인의 특권'이라고 말했다. 어둠 속에서 무엇을 보았을까. 어둠에 있기 때문에 생각과 친해지고 꿈을 꿀 수 있었다. 꿈을 꾸는 건 곧 글쓰기였으며 그의 글쓰기는 꿈에 의존했다. 눈이 멀었기 때문에 마음속으로 대략적인 초고를 발전시켰고 시를 다듬어 가면서 외웠다. 그에게 창작은 철저히 육체적이었다.

보르헤스의 세계는 '바벨의 도서관'으로 구현되었다. '육각형 진열실로 이루어진 무한수로 이루어진 곳', 보르헤스가 상상 속에서 설계한 '바벨의 도서관'은 무한한 세계의 다른 이름이다. 책으로 이루어진 무한한 우주. 태곳적부터 존재하고 미래에도 영원히 존재할 세계. 보르헤스가 상상의 도서관을 지었듯이 상상의 책을 썼다. 보르헤스는 상상의 책을 지으며 상상의 도서관에서 유영했다. '도서관은 무한하지만 주기적'이며 반복되는 무질서가 만들어 내는 질서가 있는 세계였다.

보르헤스에게 상상의 공간이자 꿈의 공간이 '바벨의 도서
관'이라면 김영갑에게는 그곳이 갤러리 두모악이다. '이십여
년 동안 사진에만 몰입하며 내가 발견한 것은 이어도'라고 말
하는 김영갑은 제주 사람들의 의식 저편에 존재하는 이어도
를 보았고 '제주 사람들이 꿈꾸었던 유토피아를 온몸으로 느
꼈다.' 상상속의 이어도, 환상의 파라다이스 이어도는 두모악
으로 형상화되었다.

보이지 않는 것을 발견하는 눈이야말로 일상을 발명하는
기술 아닐까. 보르헤스와 김영갑은 일상의 발명자들이었다.
읽고 또 읽고 보고 또 보는 기술이 보이지 않는 세계를 열어
주는 열쇠였다. 창의성이란 유별나고 기이한 생각이 아니라
보이지 않는 것을 보는 힘이라는 것을 그들은 알고 있었다.
어쩌면 매일 반복되는 일상을 변화시키는 빛나는 마법이 이
미 내 안에 있는지도 모른다. 얼마나 많이 보는가가 아니라
반복적으로 볼 때 깊이가 발생하는 마법이.

보이지 않는 것의 무한함이 보이는 것의 유한함을 초월한
다. 김영갑과 보르헤스는 일상 너머를 보았고 주어진 환경에
갇히지 않았다. 일상의 발명자가 되기 원한다면 보이지 않는
것을 보는 눈이 필요하다. 그 눈이 아름다움을 발견하는 비

밀일 테니까. 보이지 않는 속살이 그곳에서 반짝거린다.

일상의 발명자가 되기 원한다면
보이지 않는 것을 보는 눈이 필요하다.
그 눈이 아름다움을 발견하는 비밀일 테니까.

상상력이라는 구원

빨강 머리 앤과 호르헤 루이스 보르헤스

빨강 머리 앤과 호르헤 루이스 보르헤스의 공통점은? 공통점보다 차이점이 월등히 많아 보이지만 의외로 몇 가지 공통점이 있다. (여기서 실존인물과 가상인물이라는 차이점은 배제하자. 왜냐하면 그들은 우리가 책을 통해서 만난다는 점에서 모두 가상인물이니까.) 그들은 끊임없이 상상하고 꿈을 꾸었다는 점에서 닮았다.

보르헤스는 상상력을 이렇게 말한다. '상상력이란 무엇인가요? 난 상상력이 기억과 망각에 의해 만들어진다고 생각해요. 그 두 가지를 섞어 놓은 것이라고 할 수 있죠.'(『보르헤스의 말』, 마음산책, 2015) 시력을 잃은 보르헤스는 읽었던 책을 읽고 또 읽고 책의 인용문을 외우며 스스로 도서관이 되었다. 그런 보르헤스가 자신의 작품을 기억하지 못하는 것은 대단한 아이러니다. 그는 작품을 의도적으로 혹은 무의식적으로 망각한다. 그리고 계속 쓴다. 보르헤스에게 작가란 '같은 책을 되풀이하여 쓰는 사람'이어서다. 보르헤스가 쓴 「기억의 천재 푸네스」는 모든 것을 기억하는 사람에 대한 이야기다. 기억의 천재 푸네스는 '생각한 모든 것, 심지어 딱 한 번만 생각한 것이라도 기억에서 절대로 지워지지' 않는 놀라운 기억능력을 갖고 있다. 모든 것을 기억하는 삶이란 어떤 삶일까. 푸네스는 '정밀하고 순간적이고 다양한 형태의 세계를 지켜보는 외롭고도 명민한 관객'이지만 망각능력이 없다. 보르헤스에 따르면 상상력은 기억과 망각에 의해 만들어지므로 푸네스는 상상할 능력도 없다.

푸네스는 보르헤스 자신이면서 동시에 반면교사다. 그는 푸네스처럼 많은 것을 기억하지만 끊임없이 망각한다. 생각하고 상상하기 위해서다. 그리고 무엇보다 꿈꾸기 위해서. 잠은 곧 망각이다. 자지 않는다면 어떻게 꿈꾼다는 말인가! 보르헤스는 말한다. '눈이 멀었기 때문에, 생각과 친해져야 해요. 나는 인생을 꿈처럼 보내고 있는 거예요.'(50쪽)

보르헤스에게 현실은 악몽이고 실제로 악몽을 자주 꾸었기 때문에 그는 상상의 공간을 창조했다. 과거의 기억과 문학의 공간 속에서 그리고 그가 설계한 상상의 도서관에 그는 존재했다. 상상력은 그를 현실의 악몽에서 지켜 주었다. 보르헤스는 단테의 『신곡』을 최고의 작품으로 꼽고 세르반테스의 『돈키호테』를 사랑했다. 그리고 마크 트웨인의 『허클베리 핀의 모험』을 읽고 또 읽었다. 보르헤스가 위대하다고 여기는 마크 트웨인이 『빨강 머리 앤』을 가리켜 '어린 시절에 대한 이야기 중 가장 아름답다.'고 말했으니, 보르헤스도 『빨강 머리 앤』을 읽었다면 『허클베리 핀의 모험』만큼 좋아하지 않았을까.

『빨강 머리 앤』은 『허클베리 핀의 모험』과 달리 열 권에 이르는 긴 이야기다. 열한 살 앤이 초록지붕 집에 사는 남매 마릴라와 매슈에게 입양되어 성장하며 선생님이 되고 길버트와 결혼하고 아이를 낳고 중년 여성에 이르는 대서사다. 가장 많이 알려진 『빨강 머리 앤』은 열 권 중에 첫 권, 『초록 지붕 집의 앤』을 의미한다. 많은 사람들은 빨강 머리 주근깨 소녀 앤을 기억한다. 빨강 머리가 싫어서 몰래 염색하다가 초록 머리가 되어 버린 앤. 매일 실수를 저지르지만 움츠러들지 않는 앤. 자신을 원하지 않는 세상을 향해 상상력의 힘으로 맞서는 앤을 보며 사람들은 용기를 얻는다.

상상력은 앤의 긍정의 원천이자 마르지 않는 샘처럼 흘러나오는 이야기의 원동력이었다. '상상력이 없었으면 견디기 어려웠을 거예요.' 삶은 누리는 것이 아니라 견뎌야 한다는 것을 열한 살 소녀는 너무 일찍 알아 버렸다. 생후 3개월 때 부모를 잃은 앤은 다른 가정에 맡겨진다. 양육을 받기보다 일찍부터 가정을 돕는 일손이 되어야 했다. 어린 앤은 자신보다 더 어린 아이들을 돌보며 주어진 몫을 감당했다. 학대와 혹사가 일상인 삶이었다. 비뚤어져도 이상할 것 없는 환경에서 앤은 운명을 저주하기보다 어떻게든 견뎌 낸다. 어떻게? 상상력을 통해서.

상상력은 앤의 삶을 지켜 주는 방패이자 무기였다. 앤은 상상 속에서 친구를 만들고 놀았다. 어쩌면 앤에게 상상이란 보르헤스 식으로 말하면 아픈 기억을 망각하고 망각의 자리에 새로운 기억을 심는 과정이 아니었을까. 제라늄 꽃에 '보니'라는 이름을, 벚나무에 '눈의 여왕'이라는 이름을 붙여 주며 꽃과 나무에 영혼을 불어넣었다. 마치 '내가 그의 이름을 불러 주기 전에는 하나의 몸짓에 지나지 않았지만, 이름을 불러 주었을 때 꽃이 된 것처럼,' 앤에게 이름 짓기는 소망을 담은 상상력의 공간이었다. 언젠가 자신을 아껴 주는 사람을 만나고 마음의 결이 맞는 친구를 만나리라는 기대가 상상의 다른 이름이었다.

마릴라와 매슈가 사는 초록 지붕 집에 실수로 입양되는 빨강 머리 앤. 잘못 배달된 물건취급을 받는 비참한 상황 속에서도 앤은 무너지지 않는다. 앤의 상상력은 세상에 홀로 남겨진 앤을 불쌍히 여긴 신의 선물이었다. 아름다운 장미꽃이 말할 수 있다면 얼마나 좋을까? 앤은 상상한다. 그럼 분명히 아름다운 것들을 가르쳐 줄 거야. 갈매기가 된다면 얼마나 좋을까? 앤은 갈매기가 되어 매일 일출을 보며 하루를 시작하고 바다 위 파란 하늘을 나는 상상을 한다. 앤의 상상력은 절망 속에서 오뚝이처럼 일어날 수 있도록 도와준 수호천사였다.

상상이 전부인 삶을 살고 있던 앤과 이성적이고 현실적인 마릴라는 상극처럼 보인다. 상상의 세계를 그대로 말로 표현하는 앤의 끊임없는 재잘거림을 마릴라는 감당하기 어려웠다. 앤의 수다에 찬물을 끼얹으며 시니컬하게 대답하는 건, 마릴라의 엄숙주의와 엄격함에서 비롯되었지만 무엇보다 일의 능률을 방해했기 때문이다. 마릴라는 애초에 농장 일을 도와줄 열한 살 남짓의 소년을 원했다. 어쩌면, '여자'아이로서 그런 태도가 옳지 않다고 생각했기 때문인지도 모른다.

소설의 배경이 되는 1880~1890년대는 여성 참정권이 없던 시대다. 여성을 교육하는 일과 여자 선생님이 드문 사회 분위기에서 앤의 말과 상상력은 마릴라가 보기에 너무나 튀는 생각이요 행동이었다. 어느 날 마릴라는 상상 유령을 진짜로 믿고 두려움에 떠는 앤을 다그치며 '상상력 병'을 고쳐 주겠다고 단호히 말한다. 마릴라에게 상상력은 고쳐야 할 병이자 몽상이요 망상이었다. 마릴라의 조치는 어느 정도 성공을 거둔다. 앤은 처음으로 '상상력을 그렇게 자유롭게 풀어놓았던 일을 뼈아프게 후회했다.' 유령의 숲을 지나 집으로 돌아오는 장면이 앤의 상상력이 꺾이는 첫 장면이다. 상상력을 하나하나 접는 과정이 성숙하는 과정일까. 성숙한 어른은 상상을 접고 기대를 줄이는 일이라고 세상은 말한다.

"기대하는 게 즐거움의 절반이에요. 원하는 일이 결국 안 생길지도 모르지만 그래도 그걸 기대하며 누리는 즐거움은 아무도 막을 수 없어요." 그러나 이제 앤은 기대가 크면 실망도 크다는 것을 알게 된다. 앤의 변화는 성장의 과정일 테지만 '상상력을 죽이면서 어른이 된다.'는 말은 어딘가 서글프다. 마릴라가 앤의 변화를 감지하는 장면이 나온다. 예전보다 말이 줄었구나. 마릴라는 그제야 알아차렸다. 자신의 닫혀 있던 마음을 열어 주고 웃음을 준 건 앤의 천진하고도 엉뚱한 상상력이었다는 것을.

다행히도 앤의 상상력은 모습을 바꾸었을 뿐 완전히 사라진 건 아니었다. 상상과 현실 사이의 줄타기. 상상은 현실을 보완하고 현실의 무거움은 상상으로 조금 가벼워진다. 이제 상상력은 앤에게 터무니없는 공상이 아니라 현실의 벽을 허무는 도구가 된다. 대학에 합격했지만 아픈 마릴라와 초록지붕 집을 지키기 위해 대학 진학 대신 에이번리에 남아서 교사가 되기로 한다. '저는 꿈을 버리지 않았어요. 다만 꿈의 목표를 바꿨어요.' 앤은 꿈을 다시 쓴다. 길에는 언제나 굽이가 있지만 굽이는 돌아가면 된다. 앤의 상상력은 앤을 절망에서 희망으로 바꾸고 앤을 구원으로 이끈다. 무언가를 상상하는 것. 그 상상이 터무니없게 느껴지더라도 어쩌면 그 상상만이 오늘을 지켜 주는 힘인지도 모른다. 상상할 자유를 누리고 상상을 지켜 줄 의무가 있는 세상. 그런 세상을 상상한다.

아름답고 쓸모없는 독서

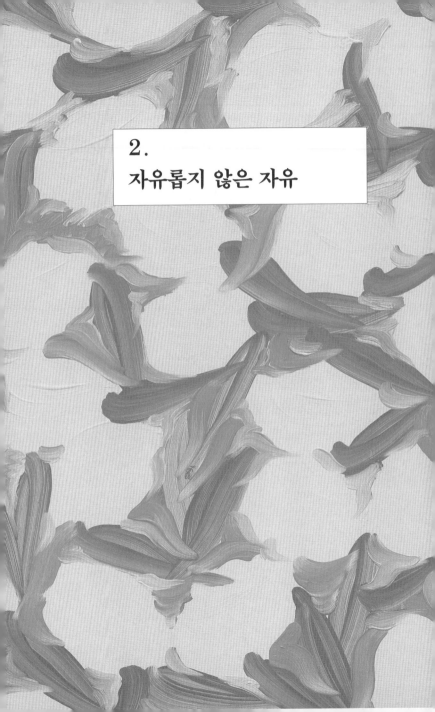

2.
자유롭지 않은 자유

자유롭지 않은 자유

『인형의 집』(헨리크 입센)

엘리너 루스벨트는 '여성은 티백과 같다. 뜨거운 물에 넣기 전에는 그녀가 얼마나 강한지 모른다.'고 말했다. 얼마나 강한지 알기 위해 일부러 뜨거운 물에 들어가고 싶지 않지만 때로는 불가피하게 뜨거운 물을 경험한다. 반드시 여성에게만 해당하는 말은 아니다. 위기는 평소에 감추어져 있던 면을 드러낸다. 관계도 마찬가지다. 우정, 사랑이라고 정의했던 관계가 위기의 순간을 맞닥뜨리면 시험대에 오른다.

노르웨이 작가 헨리크 입센의 희곡 『인형의 집』(민음사, 2010)에서 주인공 노라는 '나의 종달새'로 불린다. 남편 토르발을 위해 노래를 부르는 종달새로 머무는 한 노라의 삶은 새장 안의 새처럼 안락하고 편안하다. 그러던 어느 날 위기가 닥친다. 노라가 차용증서에 서명 위조를 해서 돈을 빌린 사실이 발각된 것이다. 서명 위조는 은행 총재가 된 토르발의 명예를 실추시키고 거짓말을 질병처럼 생각하는 완벽주의자 토르발에게 참을 수 없는 일이었다. 무엇보다 '종달새'인 노라가 해서는 안 되는 행동이었다. 하지만 노라는 잘못이 드러나더라도 토르발이 이해해 주리라 믿었다. 그가 위독했을 때 아픈 그를 위해서 한 일이었으니까. 그러나 토르발은 노라를 생각하기는커녕 세상의 눈을 의식해 사건을 축소하고 은폐하려고만 한다. 노라의 믿음은 산산조각 나고 8년간 지켜왔던 결혼생활의 민낯이 드러난다.

> 나는 당신의 인형 아내였어요. 친정에서 아버지의 인형
> 아기였던 것이나 마찬가지로요. 그리고 아이들은 다시 내
> 인형들이었죠. (…) 토르발, 그게 우리의 결혼이었어요.
> 나는 나 자신부터 교육해야 해요. 그런데 당신은 그 일을
> 도와줄 만한 사람이 아니에요. 내가 혼자 해야 해요. 그러
> 니까 나는 당신을 떠날 거예요.

'인형의 집'을 떠나는 노라는 여성 해방의 선구적인 인물이 되었다. 여성 참정권이 처음으로 주어진 해 1893년보다 10여

아름답고 쓸모없는 독서

년 앞선 1879년 발표된 작품이 가져온 충격과 여파는 굉장했을 것이다. 『인형의 집』이 발표되고 페미니즘 단체는 노라의 자각을 반기며 입센을 모임에 초대했다. 모임에서 입센은 이렇게 말했다고 한다. '나는 페미니스트가 아닐뿐더러 페미니즘이 어떤 운동인지도 잘 모른다. 다만, 노라의 문제는 전반적인 인간의 문제라고 생각한다.'

입센이 생각한 '전반적인 인간의 문제'는 무엇일까. 새장 안에 갇힌 노라는 어쩌면 자유를 빼앗긴 한 '여성'이 아니라 한 '인간'의 모습이 아닐까. 『인형의 집』의 속편 격인 〈인형의 집 Part2〉를 연출한 극작가 루카스 네이스는 입센이 던진 질문을 이렇게 정리한다. '입센은 자신의 작품을 통해서 우리가 얼마나 자유롭지 못한지, 어떻게 하면 더 자유로워질 수 있는지 그리고 그게 진정 가능한 것인지 묻고 있습니다.'

남편 토르발을 향해 '양쪽 모두가 온전히 자유로워져야 한다.'고 말하며 문을 박차고 나갔던 노라는 새장에서 벗어난 새처럼 자유를 누렸을까. 루카스 네이스의 연극 〈인형의 집 Part2〉에서 노라는 8년의 결혼생활을 담은 자전적 이야기를 써서 베스트셀러 작가가 된다. 결혼 제도에서 벗어나 해방이라는 대리만족을 주는 동시에 기존 제도에 질문을 던지는 불편한 존재로 등장한다. 여성들이 선망하는 동시에 공격하는 대상이다. 15년이 지난 시점이지만 연극 속 시대배경은 여전히 19세기 말이다.

'모든 일에 대해 스스로 생각하고 설명을 찾기 위해' 떠났던 노라에게 작가라는 직업은 어울린다. 남편과 세 아이를 두고 떠난 만큼 절박하게 답해야 했던 자신의 존재를 향한 물음 앞에서 글 쓰는 길만이 최선의 선택이었을 것이다. 글로 먹고살 만큼 크게 성공한 작가가 된 것이 유일한 드라마적 요소라고 할까. 하지만 노라의 자유를 향한 여정은 누군가의 희생 위에서 가능했다. 세 아이를 버려두고 간 노라 대신 유모 앤 마리가 가족과 집안을 돌보아 주었다. 예고 없이 찾아온 노라를 향해 유모가 원망하자, 노라는 이렇게 응수한다.

노라: 나처럼 집을 떠나지 않고 집에 남아 가족을 돌본 건 당신 선택이었어요!

유모: 나에게 선택이 있던가요? 내가 유모가 되는 걸 원했을 거라 생각하나요? 가난 때문에 유모가 되는 건 나에게 살기 위한 유일한 방법이었어요.

엄마 없이 자란 딸 에미도 엄마를 원망한다. "결혼은 구속이야.", 라고 말하는 엄마를 향해 딸은 오히려 나는 구속받고 가정이라는 울타리를 갖고 싶다고 말한다.

딸 에미가 결혼을 통해 소속감을 갖고 싶다는 건, 노라가 바라는 세상이 오지 않았다는 의미였다. 노라가 바라는 세상은 결혼을 통해 존재감을 느끼는 여성이 아닌, 독립된 자아로 살아가는 여성이었으니까. 한 사람의 희생으로 유지되는 결혼이 아닌, 평등한 결혼이 가능한 세상. 결혼이 여성을 억압하는 제도가 아닌 세상을 노라는 꿈꿨다.

노라가 쌓아올린 15년의 삶이 무너지더라도 책에서 한 말을 번복하지 않기 위해, 노라는 다시 떠난다. 처음 노라가 새장 속 종달새 '인형'에서 '인간'이 되기 위해 떠났다면 두 번째 떠남은 노라가 바라는 세상을 만들기 위해서다. 자신의 행동이 그저 작은 시도에 불과할지라도 미약하나마 세상이 변하는 데 기여할 수 있기를 바라면서. 다른 세상을 만들기 위해 노라는 다시 문을 박차고 나선다.

노라는 과연 원하는 자유를 얻을 수 있을까. 『왜 다시 자유인가』(한길사, 2019)를 쓴 공화주의 이론가 필립 페팃이 볼 때 노라의 진정한 자유는 공화주의적 민주주의에서 실현 가능하다. 노라의 자유를 위해 유모 앤 마리의 자유가 훼손되는 것이 아니라 모두에게 동일하게 선택의 자유가 주어지고 자유를 보장받는 사회다. 한 사람의 자유 실현이 아니라 모두

의 자유로 확대되어야 진정한 자유라고 할 수 있는 사회. 어
떻게 가능한가.

자유로움은 선택의 자유를 보장받는다는 말이다. 선택지
를 취할 수 있는 여지와 자원, 원하는 바가 선택지에 있어야
하며 선택할 때 타인의 선호에 구애받지 않아야 한다. 이러
한 세 가지 조건을 만족해야 한다. '당신이 여러 선택지 사이
에서 선택의 자유를 누리고 있다고 말할 수 있으려면 당신
은 자신이 원하는 무엇이든 얻을 수 있는 위치에 있어야 한
다.'(100쪽) 저자가 말하는 자유는 '비지배 자유로 체계화된 공
화주의의 이상'이다. 공화주의 자유는 '황량한 광야에서 외치
는 자유가 아니라 정치 공동체의 자유'다.

비지배 자유는 사회적 규범과 법률에 따라 시행된다. 규범
은 자유를 구속하는 제도가 아니라 자유를 촉진하기 위한 제
도로 존재한다. 키케로의 말은 비지배 자유가 실현하고자 하
는 바를 정확히 보여 준다. '자유보다 달콤한 것은 없다. 그렇
지만 동등하게 향유되지 않는다면, 그것은 결코 자유가 아니
다.'(148쪽) 동등하게 향유되는 자유를 추구하는 길은 평등과
정의를 실현하는 길이다. 평등은 법과 제도로 보장받는다.
저자는 비지배 자유를 노라의 자유에 관한 해법으로 제시하
지만 여전히 요원하다. 아직 도달하지 못했기에 140년이 지

아름답고 쓸모없는 독서

나도 『인형의 집』이 소환되는 이유가 아닐까. 노라의 자유를 찾는 여정은 현재진행형이다.

엄마와 딸

『소녀와 여자들의 삶』(앨리스 먼로), 『멀고도 가까운』(리베카 솔닛)

엄마와 딸 이야기에 나는 늘 마음이 열린다. 아들 사이에서 일어나지 않는 감정이 딸 사이에서 일어난다. 세상에 둘도 없는 친구 같은 관계든 비틀어지고 멍든 관계든 아니면 그 사이 어디쯤이든, 엄마와 딸 이야기는 곧 모든 여자들의 삶을 이해하는 열쇠이자 뿌리다. 엄마에게 상처를 받거나 아픈 기억이 있는 딸은 그 아픔과 평생 싸우고 치유하며 살아간다. 훗날 엄마가 된 딸은 자신의 딸에게 상처를 물려주지 않기 위해 또 한 번 싸운다. 딸은 '엄마처럼 살지 않겠다.'거나 '엄마를 닮지 않겠다.'고 하지만, 나중에 돌아보면 엄마와 놀랍도록 닮은 자신을 발견한다. 그건 딸의 운명이라고밖에 설명할 수 없다.

'캐나다의 체호프'라고 불리는 앨리스 먼로에게 엄마는 소설의 중요한 주제였다. 캐나다 온타리오주에서 장녀로 태어난 먼로는 십대 때부터 작가의 꿈을 키웠다. 많은 아이들이 학업을 그만두고 일자리를 얻을 때, 먼로는 공장이나 백화점에서 일하는 대신 결혼과 동시에 집을 떠났다. 엄마를 돌보거나 가족에 대한 책임을 다하지 않았다는 것에 대해 훗날 죄책감을 갖지만 후회는 없었다. 먼로는 작가가 되었고 첫 작품 『행복한 그림자의 춤』(1968)으로 총독문학상을 받았다.

『소녀와 여자들의 삶』(문학동네, 2018)은 먼로의 두 번째 작품이다. 1940년대 캐나다 온타리오주 소도시 주빌리를 배경으로 펼쳐지는 열한 살 소녀의 이야기는 먼로의 성장기를 떠올리게 한다. 소녀의 이름은 델. 호기심 많은 델은 마치 주빌리에 사는 모든 사람들을 공부의 대상으로 삼겠다는 듯 면밀히 관찰한다. 관찰의 대상은 대개 여자 어른들이다. 그중에 가장 궁금한 사람은 엄마다.

농업과 축산업에 종사하는 사람들이 대부분인 마을에서 델의 엄마는 백과사전을 팔러 다닌다. 딸은 그런 엄마가 영 불안하고 못마땅하다. '나는 엄마와는 인연을 끊고 고아로 버려져 친절한 사람들의 품에 기어들고 싶으면서도 엄마를 옹호해 주고 싶다.' 델이 느끼는 엄마를 향한 감정은 양가적이다. 엄마에게 불만을 느끼면서도 딸이기 때문에 그런 엄마를 이해할 수 있어서다. 엄마는 백과사전에 있는 모든 지식을 습득하는 게 불가능하지만 불가능에 도전하려는 듯 유럽 건축에 호기심을 갖고 천문학을 독학한다. 지역 신문사에 의견을 담은 편지도 쓴다. 지역 문제나 교육을 장려하고 여성의 권리를 증진시켜야 한다는 내용을 담은 엄마의 글이 지역 신문에 실린다. 델은 엄마를 보면서 의문을 품는다. '엄마의 모든 이야기가 결국에는 그냥 엄마로, 지금 엄마의 모습으로, 주빌리에 사는 그냥 우리 엄마로 끝나야 하는가?'

엄마의 삶은 힘든 싸움의 연속이었다. 오빠의 고약한 행동을 겪었던 가난한 어린 시절을 지나 할머니의 죽음으로 엄마는 고등학교 진학 대신 집안 살림을 맡아서 했다. 엄마의 어두운 이야기 끝에는 어떤 대단한 보상이 주어져야 했다. 그게 결혼이었을까? 엄마는 아빠를 사랑해서 결혼했다고 하지만 그 이상의 무언가가 엄마에게 있어야 한다고 델은 생각했다. 엄마가 백과사전을 팔거나 사람들 앞에서 말하고 신문사에 편지를 보내는 행동은 결혼생활에서 얻을 수 없는 자기존재 증명이요 스스로 선사하는 보상이었을까.

델은 느꼈다. 자신도 엄마와 크게 다르지 않다는 것을. 하지만 엄마처럼 살고 싶지 않았다. 주빌리에 델이 닮고 싶은 삶은 없었다. 소문이 무성하며 비밀이 존재하지 않는 마을은 가난했고 열악했다. 델은 주빌리에 존재하지 않는 삶을 찾았다. 아무도 가지 않은 길이 가야 할 길이라고 생각했다. '나는 엄마처럼 되고 싶지는 않았다. 숫처녀처럼 퉁명스럽고 순진한 엄마처럼. 나는 남자가 나를 사랑해 주기를 바랐으며, 또한 달을 쳐다보며 우주를 생각하고 싶었다. 선택지가 없는데 선택을 해야 하는 상황처럼 느껴졌다.'(325쪽)

델은 스스로 선택지를 만든다. 엄마가 여자들의 삶에 변화가 일어난다고 인지했듯이, 델은 변화의 가능성을 실현하고자 한다. 여자들에게 요구되는 가치보다 남자들이 관습적으로 하는 일을 똑같이 해보리라 결심하며, 모든 가능성을 열어둔다. 성에 대해, 우정에 대해, 그리고 사랑에 대해. 델은 가슴이 녹아내릴 만큼 뜨거운 사랑을 하지만 그 사랑은 보고 싶은 것만 보았기에 유지된 사랑이었다. 사랑의 이면이 드러나고 서로에게서 참을 수 없는 면을 보았을 때, 사랑은 한순간에 깨져 버렸다.

어긋난 사랑과 이별 그리고 실패. 이 모든 것이 강렬하게 남아 하나의 자국, 성장의 무늬를 이룬다. 첫 경험은 늘 불안전하고 불완전하다. 하지만 델은 실패를 통해서 자신만의 삶을 발견하고 실현하기에 이른다. 지난날의 실수와 혼란을 끊어 내고 주빌리를 떠난다.

델이 집을 떠날 때 이야기는 다시 시작된다. 엄마가 갔던 길이 아니라 내가 가야 할 길. 델은 샬롯 브론테처럼 살겠다고 말한다. 에필로그 「사진사」가 델이 쓴 소설이다. '나는 내 삶에서 할 수 있는 유일한 일은 소설을 쓰는 것이라고 생각했다. 어떤 사건이 그들을 엄청날 정도로 고립시켜 소설 같은 운명으로 몰아넣었는지를 써보는 것.' 그러고 보면 자기 자신만의 삶을 산다는 건 얼마나 많은 곡절 끝에 얻게 되는 것인가.

> 대부분 이야기에 담긴 핵심은 역경에서 살아남는 일, 세
> 상 속에서 자신의 자리를 찾는 일, 자기 자신이 되는 일
> 이다. 어려움은 늘 필수 사항이지만, 거기서 무언가를
> 배우는 건 선택사항이다.

리베카 솔닛이 쓴 『멀고도 가까운』(반비, 2016)에 나오는 문장이다. '당신의 이야기는 무엇인가'라고 물으며 시작하는 솔닛의 이야기는 『소녀와 여자들의 삶』의 델의 이야기를 닮았다. 자신의 주변에서 벌어지는 이야기를 버리지 않고 관찰하며 쓴다는 점에서, 이야기의 중심에 엄마와 딸이 있다는 점에

서, 그리고 떠나는 모험을 받아들이며 새로운 시작을 보여 준다는 점에서 그렇다.

솔닛의 이야기는 살구 더미에서 시작한다. 알츠하이머에 걸린 어머니가 주신 살구. 불안한 상태의 살구 더미는 솔닛에게 떨어진 임무인 동시에, 어머니의 유산이자 이야기의 촉매제가 된다. 솔닛에게 엄마는 어쩌면 도려내고 싶은 썩은 살구였는지도 모른다. 멀고도 가까운, 엄마. 아들은 존재만으로 엄마에게 기쁨을 주었지만 딸은 존재를 의심받았다. 엄마는 딸의 머리카락, 키, 눈썹을 보며 불공평하다고 여겼다. 마치 백설공주를 질투하는 왕비처럼. 솔닛은 엄마가 미웠지만 자신에게 모든 것을 준 엄마의 고마움도 알고 있었다. 델이 그러했듯 솔닛 역시 엄마에게 양가적인 감정을 가졌다. 엄마를 닮고 싶지 않지만, 닮을 수밖에 없는 운명을 솔닛은 알았다.

> 어머니가 내가 자신과 다르다는 이유로 화를 내던 시절,
> 나 역시 내가 어머니와 비슷하다는 사실에 끔찍해하고
> 비슷해지지 않으려고 애를 쓰던 그 시절을 되돌아보면,
> 우리가 사실은 얼마나 닮았는지, 어머니가 나의 가장 본
> 질적인 취향이나 관심사 혹은 가치체계에 얼마나 큰 영

향을 끼쳤는지 알게 된다.(340쪽)

　솔닛은 알츠하이머에 걸린 엄마를 돌보면서 서서히 바뀐다. 매일 기억을 잃어 가는 엄마는 그동안 알던 엄마가 아니었다. 자신을 다그치고 박대했던 엄마의 눈에서 솔닛은 처음으로 자신을 향한 진심 어린 눈길을 발견한다. 엄마에 대한 미움은 연민으로 바뀌고 깜깜하고 어두웠던 지난 시간에서 벗어난다.

　단순히 엄마의 치매가 모든 상황을 변화시킨 건 아니었다. 엄마의 병은 솔닛에게 엄마를 이해하기 위한 하나의 계기였다. 자신의 이야기를 한 땀 한 땀 엮는 일은 지난날, 엄마의 분노와 삶을 이해하는 과정이었다.

　나의 이야기를 버리지 않고 하나의 이야기로 만드는 과정은 상한 부분을 도려내 살구를 병에 담고 설탕을 넣어 고정시키는 일과 닮았다. 어지러이 흩어져 있던 살구 더미를 잼으로 만들어 다른 사람들과 공유하듯, 이야기는 이제 작가를 벗어나 독자에게 흘러간다. 솔닛은 이야기를 통해 어두운 시간을 건너올 수 있었다며, 이야기의 힘을 증언한다.

　이야기는 직조된다. 이야기는 대상을 묶어 내는 실이었

고 그 실로 세상이라는 천이 직조되었다. 강력한 이야기 속에서, 우리는 우리가 서로 이어져 있음을, 그렇게 이어져 패턴을 이루고 있음을 본다.(351쪽)

엄마는 딸을 비추는 거울일까 아니면 딸이 엄마를 비추는 거울일까. 엄마와 딸의 이야기. 영원히 계속될 특별하고도 달콤 쌉싸름한 살구잼 같은 이야기는 아닐까. 나의 엄마는 종종 말하곤 한다. 내가 어렸을 때, 얼마나 책을 많이 읽었는지 몰라~. 밤을 새면서 『바람과 함께 사라지다』를 읽고 『카라마조프가의 형제들』을 읽고. 그때 읽은 걸로 지금까지 버티는 것 같아. 요즘에는 책을 안 읽지만 말이야.

엄마는 내가 책 읽는 모습을 보며 옛 기억을 떠올리셨다. 엄마는 요즘 책을 잘 안 읽는다고 하지만 내가 기억하는 엄마는 작은 책상에서 무언가를 읽곤 하셨다. 내가 델과 비슷한 나이, 열한두 살 무렵에 살던 아파트 부엌 한쪽에 엄마의 책상이 있었다. 부엌 공사를 하면서 자투리처럼 남은 공간에 나무 판을 넣어 만든 책상이었다. 잠들 무렵 엄마는 그곳에서 무언가를 읽고 쓰셨다. 아마도 학교 알림장이나 살림에 필요한 각종 서류였을 것이다. 아니면 내가 모르는 무엇이었거나. 그때 나에게 엄마는 엄마로만 존재할 뿐, 엄마의 다른 자아를 상상하지 못했다. 책상에서 엄마는 무엇을 하셨을까. 엄마의 비스듬한 옆모습, 고개를 숙이고 무언가에 열중했던 엄마의 뒷모습이 자꾸 생각난다.

엄마와 딸 이야기에서 편집하고 싶은 기억이 있다면 영원히 간직하고 싶은 기억도 있다. 정말로 썩어서 없어져야 하는 이야기는 없다. 이야기는 저마다의 운명에 따라 숙성된다. 버리고 싶지만 도저히 버릴 수 없는 이야기들 덕분에 이야기라는 '살구잼'은 더 깊은 맛을 내는지도 모른다. 어떤 역할도 없는 작은 이야기들. 하지만 시간이 지나고 보니 나름의 역할이 있던 이야기들이 모여 지금의 나를 만들었음을 나는 이제 안다.

나의 삶은 아주 일찍부터
너무 늦어 버렸다

『연인』 (마르그리트 뒤라스)

마르그리트 뒤라스의『연인』(민음사, 2007)은 소설보다 영화
가 국내에 먼저 소개되었다. 영화가 1992년, 소설이 2007년
에 나왔으니 15년의 시차가 있는 셈이다. 영화를 먼저 보았
다면 미성년 백인 소녀와 중국인 남자와의 사랑 이야기로만
기억하기 쉬운데 그렇다면 작품을 '오해'하는 것이다. 소설
『연인』은 보다 다르게 읽힐 수 있다.

소설『연인』은 치밀한 구성이나 묘사 대신 머릿속에 떠오
르는 생각이나 기억을 쓰는 경향의 반소설이다. 파편적인 기
억이나 이미지가 소설 전체에 부유한다. 일흔에 이른 노작가
가 과거를 회상하며 소설이 시작한다. '여러분에게 다시 한
번 하고 싶은 얘기는, 내 나이 열다섯 살 반이었을 때의 얘기

다.' 하지만 화자는 '열다섯 살 반이었을 때의 얘기'로 직진하지 않는다. 자꾸만 다른 얘기를 꺼낸다. 정말 중요하고 하고 싶은 얘기일수록 빙빙 돌아서 가는 것처럼. 뒤라스는 열다섯 살에 베트남 사이공(호치민 시)에 있었다. 사이공에서 태어나 어린 시절을 보내고 열한 살까지 베트남어를 더 유창하게 구사했던 뒤라스에게 유년시절은 이야기의 보고였다. 식민지 국가에서 가난한 백인 소녀로 산다는 것은 그녀에게 모순된 경험이었다. 백인이라서 우위를 가졌지만 가난해서 비참했다. 모순에서 오는 갈등과 긴장이 『연인』에 반영되어 있다.

소녀가 네 살 때 아버지가 세상을 떠났다. 엄마는 프랑스로 돌아가지 않고 베트남에 남아 두 아들과 딸을 홀로 키운다. 남편을 잃고 잘못된 투자로 남은 재산까지 잃자 엄마는 절망했다. 엄마의 절망은 큰아들을 제외한 작은아들과 딸에게 투사되었다. 엄마는 언제나 생계로 바빴으며 소녀의 두 오빠는 무능했다. 큰오빠는 폭력적이었고 작은오빠는 나약했다. 소녀는 마약과 욕설, 폭행을 일삼는 첫째 오빠를 증오했지만 나약한 둘째 오빠를 자신과 같은 희생자라 여기며 사랑했다. '나는 큰오빠를 죽이고 싶었던 것이다. 그를 죽이고 싶었고, 그가 죽는 것을 보고 싶었다.'(13쪽) 소녀는 큰오빠의 죽음이 엄마를 벌하고 작은오빠를 구제하리라 여겼다.

아름답고 쓸모없는 독서

'돌로 된 가족이다. 어떤 접근도 불가능한 두꺼운 퇴적물 속에서 화석이 되어 버린 가족이다. 일상적인 안부나 인사를 나누지 않는 가족. 가족이라는 슬픔. 우리는 삶을 증오하고 우리 자신을 증오하고 있다.'(69쪽) 절망과 광기 속에서 살던 소녀는 열다섯 살에 부유한 중국인 남자를 만난다.

> 열다섯 살 반. 강을 건너다. (…) 그날 강을 건넌 일, 그 사건이 내 생애에서 가질 중요성을 짐작할 수 있었더라면 그 영상을 찍어 둘 수도 있었을 텐데. 그 사건이 일어나는 중에도 나는 그 존재조차 까맣게 모르고 있었다. 그렇기 때문에 그 영상은, 물론 달리 어쩔 도리도 없었겠지만, 존재하지 않는다. (…) 바로 그 부재를 통해 그 영상은 고유한 힘을 지니게 되었다. 그 어떤 절대를 표현할 수 있는 힘, 요컨대 절대의 창조자와도 같은 힘을 지니게 된 것이다.(17쪽)

프랑스 유학을 하고 돌아온 중국인 남자는 사이공 일대에 땅과 부동산을 소유한 자본가였다. 남자는 원주민이 타는 버스에 백인 소녀가 타고 있다는 사실을 놀라워하며 소녀에게 다가갔다. 그들은 함께 메콩강을 건넜다. 마치 루비콘강을 건너듯 다시 돌아갈 수 없는 '가장 중요한 날'이 되었다.

'열여덟 살에 나는 늙어 있었다.' 화자의 고백을 삶을 너무 일찍 '알아' 버렸다, 혹은 '사랑을' 일찍 알아 버렸다, 라고 바꿔 읽는다. 정상적인 의사소통이 불가능한 가족으로 인해 삶의 비참을 너무 일찍 알아 버린 소녀. 열다섯 살에 이미 삶을 뒤흔들 만큼 강렬한 경험을 한 소녀는 이후 어떤 사랑을 할 수 있었을까. 몇 번의 결혼과 이혼이 보여 주듯 다른 어떤 사랑도 중국인 남자와의 사랑을 넘어설 수 없었으리라. 소녀와 중국인 남자와의 사랑은 삶을 집어삼킬 듯한 죽음을 닮았다. 광기, 사랑, 죽음의 삼박자다. 남자는 '아주 강렬하게, 너무 강렬해서 죽음에 이를 정도로' 소녀를 사랑했다.

하지만 소녀가 중국인 남자를 사랑했는가는 의문이다. 소녀는 중국인 남자에게 감정적 우위를 누렸다. 어머니에게 받지 못한 사랑, 벗어날 수 없는 가난, 폭력을 휘두르는 큰오빠와 무력하게 당하는 작은오빠에 대한 연민과 사랑 속에서 중국인 남자는 감정적 탈출구가 되었다. 소녀는 중국인 남자에게 완벽한 사랑과 보살핌을 받았다. 부유한 중국인 남자는 소녀에게 일시적이나마 가난을 잊게 해주었고 결핍된 사랑을 채워 주었다. 소녀가 사랑한 사람은 작은오빠였다. 중국인 남자는 욕망의 대리인일 뿐 욕망의 대상이 아니었다. 작은오빠

　　　　　　　　　　아름답고 쓸모없는 독서

와의 불가능한 사랑이 중국인 남자를 통해 실현되었다.

그렇다면 여기서 궁금해진다. '연인'은 누구인가. 소녀에게
중국인 남자는 '연인'이었지만 연인의 전부는 아니었다. 소녀
는 연인에 대해 이렇게 말한다.

> 나는 항상 얼마나 슬펐던가. 내가 아주 꼬마였을 때 찍은
> 사진에서도 나는 그런 슬픔을 알아볼 수 있다. (…) 이 슬
> 픔이 내 연인이라고. 어머니가 사막과도 같은 그녀의 삶
> 속에서 울부짖을 때부터 그녀가 항상 나에게 예고해 준
> 그 불행 속에 떨어지고 마는 내 연인이라고.(57쪽)

소녀에게 불행과 슬픔이 연인이다. 불행과 슬픔은 삶의 비
참을 일찍 알아 버린 소녀가 맞닥뜨리는 필연이지만 근본적
으로 엄마에게서 기인한다. '어머니는 미친 여자였다. 태어
날 때부터. 피 속에 흐르는 광기. 그 광기로 해서 발작을 일
으키지는 않았으나, 마치 그게 그녀의 건강인 양 광기에 시달
리며 살아왔던 것이다.'(40쪽) 사회에서 버림받은 엄마가 홀로
세 아이를 키우면서 미치는 것이 당연할 만큼 엄마의 삶은 고
단했다. '어머니란 광기의 표상이다.' 뒤라스에게 엄마는 사
랑이자 증오, 광기이자 절망의 표본이었다.

엄마의 광기를 이어받은 소녀는 엄마의 분신이기도 하다. 소녀는 엄마가 사준 모자를 쓰고, 엄마의 원피스를 입는다. 그러나 동시에 엄마를 벗어나고자 한다. 어떻게 벗어나는가? '나는 책을 쓸 것이다. 바로 이것이 내가 이 순간 너머로 끝없는 사막에서 보는 것이다.'(123쪽) 소녀는 글을 쓴다. 엄마의 바람과 다른 길을 간다. '저는 글을 쓰고 싶어요. 내가 말하자 엄마는 말한다. 나는 그따위 일에 관심 없다. 일종의 허세에 불과해. 유치한 생각이다.'(29쪽) 딸의 꿈은 무시당하고 엄마는 꿈꾸는 딸을 질투한다. 꿈이 망가져 버린 자신의 삶과는 다른 삶을 살게 될 딸을 받아들이기 어려웠던 걸까. 소녀는 글을 쓰면서 광기와 절망을 벗어난다. 그리고 무엇보다 엄마를 벗어난다.

'문학은 우리를 고통스럽게 하는 것에서 벗어나는 길을 제공한다. 문학은 어떤 종류의 영혼이 앓는 질병의 증상을 전시하는 동시에 영혼을 정화할 수 있다.'(『검은 태양』, 줄리아 크리스테바, 동문선, 2004) 뒤라스는 글을 씀으로써 고통에서 벗어나는 길을 개척했다.

아름답고 쓸모없는 독서

열다섯 살 반. 강을 건너다. 그날 강을 건넌 일,
그 사건이 내 생애에서 가질 중요성을 짐작할 수 있었더라면
그 영상을 찍어 둘 수도 있었을 텐데. 그 영상은 존재하지 않는다.
바로 그 부재를 통해 그 영상은 고유한 힘을 지니게 되었다.

말할 수 없는 것을 말한다는 것

『히로시마 내 사랑』(마르그리트 뒤라스)

'삶은 이야기다.' 하지만 삶에서 경험하는 모든 일들이 이야기가 되는 건 아니다. 어떤 경험은 이야기가 되지 않은 채 마음에 남는다. 마음속 사원을 짓고 사원 석벽에 이야기를 봉인한다. 말할 수 없는 경험은 돌의 일부가 되어 살아간다. 언제 풀릴지 모른 채. 나의 이야기가 곧 내가 누구인지 알려주는 정체성이라면 말할 수 없는 경험, 언어화되지 않은 경험은 나의 역사에서 누락된다. 말할 수 없는 경험이 언어로 번역되기 위해서는 몇 가지 조건이 있어야 한다. 그중 하나는 들어주는 대상이다. 너무나 당연한 것 같지만, 말해지지 않고 들리지 않는 목소리를 듣기 위해서는 조금 더 섬세한 듣기가 요구된다. 판단하거나 해석을 배제한 경청이 들리지 않는

아름답고 쓸모없는 독서

목소리를 들을 수 있다. 이렇게도 말할 수 있을 것이다. 말할 수 없는 경험은 들을 수 있는 귀(대상)를 만날 때 비로소 이야기가 될 수 있다.

마르그리트 뒤라스가 쓴 영화 시나리오 『히로시마 내 사랑』(민음사, 2017)은 말할 수 없는 경험이 이야기가 되는 과정을 그린다. 소설이 아닌 영화 시나리오를 읽는다는 건 주인공들의 대화뿐 아니라 대화와 함께 묘사되는 장면들과 괄호 안에 주어진 표정과 동작까지 읽는 일이다. 상상력을 동원해야 한다. 읽다와 보다가 동의어가 되도록.

영화는 원자폭탄이 투하된 1945년에서 10여 년의 시간이 지난 1957년 8월 히로시마에서 시작된다. 히로시마는 폭탄 투하로 9분 만에 20만 명이 사망한 곳, 방사능으로 고통받는 사람들이 있는 비극의 장소다. 영화 첫 장면에 남자와 여자의 엉킨 몸이 등장한다. 벗은 몸을 뒤덮은 것이 폭탄 후의 잿가루인지 정사 후의 땀인지 의도적으로 의미를 중첩시킨다. 여자는 히로시마에 영화를 찍으러 온 삼십대 영화배우고 남자는 사십대 건축가다. 그들은 서로가 누구인지 알기 전에 먼저 사랑을 나눈다. 알고 나서 사랑하는 것이 아니라 사랑하고 나서 알아 간다. 남자는 여자에게 묻는다. 여자가 태어나고 자란 곳 프랑스 도시 느베르에 대해 알고자 한다.

느베르 때문에 내가 당신을 알아가기 시작이라도 할 수 있는 거잖아요. 그러니까 나는 수많은 당신 삶의 조각들 중에서 느베르를 택하는 겁니다. (…) 내가 당신을 잃을……뻔했던……게 바로 거기였구나. 그러니까 당신을 알지도 못할 수도 있었겠구나 싶어서.(95쪽)

14년 전 여자는 프랑스 느베르에 있었다. 전쟁 당시 느베르는 독일군이 점령하고 있었다. 여자가 아버지를 도와 일하던 약국에 손을 다친 독일 병사가 찾아왔다. 여자는 적군의 손에 붕대를 감아 주었다. 그 후 독일 병사는 손이 다 낫고도 계속 약국에 찾아온다. 여자를 만나기 위해서였다. 그렇게 사랑이 시작되었다. 금지된 사랑이라서 위험했고 위험했기 때문에 아무도 모르게 사랑했다. 두 사람은 결혼을 약속했다. 하지만 결혼은 독일 병사의 갑작스러운 죽음으로 이루어지지 않는다. 프랑스 사람에게 총을 맞은 것이었다. 여자는 죽어 가는 남자의 몸 위에서 오열한다. '죽은 그 사람 몸과 내 몸이 조금도 다르게 느껴지지 않을 만큼' 붙어 있으면서 마지막 순간까지 함께 한다.

느베르는 독일에게서 해방되었다. 혼자 남게 된 스무 살 여자는 적군을 사랑했다는 이유로 삭발당하고 조리돌림 당

아름답고 쓸모없는 독서

했다. 아버지는 수치스러워서 약국 문을 닫았다. 여자는 마치 존재하지 않는 사람처럼 지하실에 감금되고 미쳐 버렸다. 전쟁은 끝났지만 여자에게 전쟁은 끝나도 끝난 게 아니었다.

머리카락이 다시 자라듯 느베르에도 평화가 찾아오지만 여자는 도시의 질서정연한 모습을 받아들일 수 없었다. 모든 상실이 벌어진 느베르가 이토록 평화롭다니. 여자는 견딜 수 없어서 도망치듯 파리로 떠났다. 죽은 사랑도, 자신의 잃어버린 일부도 제대로 애도할 시간 없이.

여자의 이야기는 제2차 세계대전이라는 전쟁이 만들어 낸 개인의 이야기인 동시에 전쟁을 겪은 모두의 이야기다. 프랑스가 해방되는 과정에서 수많은 여성들이 공개적으로 삭발당하고 거리로 끌려다닌 1944년 어두운 역사를 기반으로 하고 있다는 점에서 그러하다. 여자의 이야기는 비극적 사랑 이야기인 동시에 전쟁 트라우마에 관한 이야기다.

여자는 어떻게 14년 동안 봉인된 경험을 말할 수 있었을까. 여자의 이야기가 발설되기 위해서 히로시마라는 무대가 필요했고 남자라는 타자가 필요했다. 말할 수 없는 경험의 촉매제였다. 여자는 이야기를 전함으로써 누락되고 박탈되었던 시간의 자리를 되찾는다. 자신의 지워졌던 역사를, 자기 자신을 찾는다. 히로시마가 전쟁의 아픔을 상기시킨다는

점에서 히로시마는 느베르의 다른 이름이다. 여자는 일본에
온 이방인이지만 일본 남자 역시도 여자에게 이방인이다. 독
일 병사가 느베르에서 이방인이었던 것처럼.

남자는 여자에게 듣는 자이자 묻는 자가 된다. 마치 심리
상담사처럼, 남자는 여자의 14년 전 모습을 비추는 거울이
되어, 여자의 이야기에 개입한다. 무엇보다 여자의 첫사랑,
독일 병사로 빙의해서 목소리를 직접 들려준다. '당신이 지
하실에 있을 때 나는 죽었나요?' (남자는 '그'가 아니라 '나'라고 묻는
다.) 여자와 남자는 히로시마에 있으면서 동시에 느베르에 있
게 된다. 덕분에 여자는 스스로 말하기 시작한다. 여자의 목
소리는 삼십대 영화배우가 된 현재의 목소리가 아니라 14년
전 전쟁 속에서 첫사랑을 잃고 슬퍼하던 스무 살 느베르에 있
던 여자의 목소리다.

여자는 도저히 말할 수 없던 경험이 말해진다는 사실에 놀
란다. 이제야 비로소 아무렇게나 덮어 둔 경험을 기억 속에
서 꺼내 애도한다. '느베르의 삭발당한 아이, 오늘 저녁 너를
망각 속에 묻고' 첫사랑을 묻는다.

당신은 완전히 죽은 게 아니었어.

우리 이야기를 했어.

오늘 저녁, 처음 본 사람이랑 같이 보내고 당신을 배신했어.

우리 이야기를 해 줬지.

그 이야기가 말이야, 말해지더라.

내가 어떻게 당신을 잊는지 지켜봐

(…)

느베르에서 삭발당한 여자의 재앙과 히로시마의 재앙이
정확히 상응한다. 여자가 '히로시마의 운명을 애통해'하는 것
은 자신이 느베르에서 경험했던 운명을 애통해한다는 말과
일치한다. 여자의 사랑은 일본 남자가 아니라 일본 남자 속
에서 보았던 첫사랑 독일 병사였다. 따라서 '히로시마 내 사
랑'이 아니라 '느베르 내 사랑'이었다.

영화와 달리 시나리오를 '읽는' 건 여자의 목소리를 '듣는'
경험으로 치환된다. 독자는 14년 전으로 돌아가서 그때의 슬
픔과 비극을 생생하게 전해 듣는다. 여자의 흐느낌이 반영된
비명과 탄식을. 작품을 이해하는 핵심은 서사의 이해가 아니
라 여자의 목소리를 얼마나 듣는 데에 달려 있다.

전쟁은 관계를 파괴하지만 동시에 형성하는 걸까? 히로시
마는 전쟁으로 파괴된 장소였지만 여자는 파괴라는 끝에서
새로운 시작을 경험한다. 말할 수 없는 것을 말하고 이야기

를 통해 죽었던 자신의 일부를 되찾는다. 원자폭탄이 투하된 공간은 전쟁의 공간이면서 동시에 사랑의 공간이다. 폐허가 된 공간에 꽃이 피고 만발했듯 상처가 있던 느베르는 히로시마로 대체되며 '내 사랑'의 공간이 된다.

아름답고 쓸모없는 독서

더웠다, 너무 더웠다!

『풀잎은 노래한다』(도리스 레싱)

작가로서 자산이 '어린 시절의 불행했던 기억'이라고 말하는 도리스 레싱은 남아프리카 로디지아(지금의 짐바브웨이)에서 성장했다. 열네 살에 학교를 그만둔 대신 농장 일을 해야 했지만 책 읽기만큼은 멈추지 않았다. 책을 읽으면서 다른 삶을 꿈꾼 소녀는 훗날 탈출하는 심정으로 결혼하지만 불행했다. 두 번의 결혼 실패 후 오랫동안 염원한 작가라는 꿈을 좇아서 런던으로 향했다. 손에는『풀잎은 노래한다』원고가 들려 있었다.

도리스 레싱의 데뷔작인『풀잎은 노래한다』(민음사, 2008)는 레싱의 자전적 경험을 바탕으로 이야기가 펼쳐진다. 도피처로 여긴 결혼이 파국으로 치닫는 과정에는 흑인 원주민과 백인 이주민 갈등, 남녀 권력관계가 중첩되어 있다. 무엇보다 소설의 중심에는 작열하는 더위와 고독 속에서 희망을 잃고 무기력하게 죽어 간 한 여인이 있다.

주인공 메리는 부모님의 불화로 불우한 어린 시절을 보내지만 부모님이 세상을 떠나자 홀가분하다고 여긴다. 도시에서 안정된 직장을 갖고 친구들도 많았던 메리는 '전형적인 남아프리카의 백인 여성'으로 남자들에게도 '인기 만점'이다. 그러던 어느 날 메리는 친구들이 하는 이야기를 우연히 듣고 경악한다. 결혼하지 않은 그녀를 두고 '나사가 하나 빠졌든지, 그렇지 않으면 문제가 있는 게 분명해.'라고 말한 것이다. '나사 하나 빠진 여자'라는 낙인은 메리에게 트라우마가 되어 결혼을 서두르게 되는 계기가 된다. 우연히 만난 가난한 시골농부 리처드와 서로 잘 알지도 못한 채 결혼을 결심하기에 이르게 된 배경이다.

리처드에게 결혼은 집안을 돌볼 사람과 자식을 낳아 줄 사람을 얻는다는 의미였다. 반면 메리에게 결혼은 서른 넘은 자신이 '나사가 빠진 여인'이 아닌 정상임을 증명하기 위한 수단이었다. 리처드와 메리는 결혼이 필요해서 결혼했다. 사랑 없는 결혼이었다.

도시를 좋아하는 여자와 도시를 싫어하는 남자와의 만

아름답고 쓸모없는 독서

남은 불행한 결혼생활을 암시하고 있었다. 메리는 도시에서 150km 떨어진 시골에 도착했을 때 어렴풋이, 앞으로 한번 부딪쳐서 싸워 볼 만한 도전으로 여겨지만 추상적인 느낌에 불과했다. '미혼의 백인 여성에게 남아프리카는 살기 좋은 곳'이었지만 기혼의 백인 여성이 외딴 시골 농장에서 흑인 원주민과 부딪히며 사는 것은 전혀 다른 이야기였다. 메리에게 시골로 간다는 건 단순히 자연과 가까워진다는 의미였지 살인적인 더위와 싸우거나 천장 없는 집에서 살아야 한다는 의미는 결코 아니었다.

'더웠다, 너무 더웠다! 미처 생각지도 못했을 정도로 더웠다. 하루 종일 땀이 비 오듯이 쏟아져 내렸다. (…) 메리는 양철 지붕의 열이 머리 위에 그대로 쏟아져 내리는 것을 느끼면서 두 눈을 꼭 감은 채 소파에 앉아 미동조차 하지 않았다.'(115쪽) 더위는 메리를 미치게 했다. 정신을 갉아먹는 더위였다. 메리가 천장 이야기를 꺼내면, 리처드는 그저 괴로워했다. 천장 없이도 괜찮다는 리처드의 말에 메리는 더욱 답답했다.

리처드는 성실했지만 무능했다. 운이 따르지 않아 하는 일마다 실패했다. 가난이 그들의 삶을 어렵게 하는 불화의 원인이었다. 무기력해진 메리는 농장일을 통해 잠시나마 기운을 되찾는다. 메리는 남아프리카의 뜨거운 열기가 자신을 굴복시켰듯 원주민들을 굴복시켰다. 채찍으로 흑인 원주민들을 잔혹하게 때리기도 했다. '그녀는 리처드보다 훨씬 더 능률적으로 일꾼들에게 일을 시켰던 것이다.'(210쪽)

메리는 남편인 리처드가 나서서 성공하기를 바랐지만 시간이 지나도 그들의 삶은 나아지지 않았다. 백인 사회는 흑인 원주민과 비슷한 혹은 더 못한 삶을 살아가는 메리와 리처드를 동정하기보다 미워했다. '백인 문명은 터너 부부의 경우와 같은 비참한 실패를 용납할 수 없었다.'(41쪽) 백인 사회가 그들을 불쌍하다고 인정하면 스스로를 깎아내리는 일이었기 때문이다. 백인 이주민은 흑인 원주민 땅에서 주인 행세를 한다. 레싱은 그들의 농장이 흑인 원주민들의 성실한 노동력 아니면 지탱될 수 없다는 것을 암시하며 백인 사회가 믿는 우월성을 비웃는다.

메리는 자신을 억압하고 있는 모든 환경에 복수하려는 듯 흑인들을 잔인하게 억압했다. 억압 행위가 삶의 에너지를 어느 정도 갖고 있었다면 메리의 마지막 탈출구가 닫히는 순간 그 에너지마저도 완전히 증발해 버렸다. 메리는 우연히 전에 일했던 직장의 구인공고를 보고 시골을 탈출하겠다는 마음으로 도시로 나가지만 그녀의 모습은 바삭하게 마르고 거칠

아름답고 쓸모없는 독서

어졌으니 예전 직장은 그녀를 받아 주지 않았다. 가늘게나마 잡고 있던 끈, 마지막 희망이 무참히 꺾이는 순간이었다.

한 여인의 희망은 어디까지 부서질 수 있는가. 이미 신경 쇠약에 이른 메리에게 결정적 타격은 집에 새로 들어온 흑인 원주민 모세였다. 백인 이주민 여성과 건장한 흑인 원주민 남성 간의 권력 관계는 팽팽한 긴장감을 형성했다. 메리는 긴장을 견뎌 낼 정신적 여력이 없었고 일을 그만두려는 모세를 울면서 붙잡았다. '모세 앞에서 흐느껴 우는 체념, 권위에 대한 체념'이었다. 메리는 권위를 내어줌으로써 완벽하게 무기력한 존재가 된다. 나사가 빠진 여자가 아니라는 것을 증명하기 위해 결혼을 했는데 오히려 나사가 빠져 버린 것이다.

도시에서 자신 있게 살던 백인 여성이 시골에서 무참하게 스러지는 모습은 섬뜩하다. 무엇이 메리를 죽음으로 이끌었을까. 리처드와의 불화와 갈등, 남아프리카의 살인적인 더위. 작가는 메리를 비운의 여인으로만 그리지 않는다. 메리는 가난한 백인 여성이지만 흑인 원주민들을 모질게 대하며 모세에게 대했던 인간적인 대우마저도 철회한다. 메리의 태도는 모세의 분노를 낳고 메리는 모세의 손에 죽는다. 메리를 죽인 건 모세지만 백인 사회의 차별과 냉대 속에서 이미 죽어 갔던 건 아니었을까. 메리의 죽음은 백인 사회와 여성

역할을 향한 질문을 남긴다.

　제목 '풀잎은 노래한다'는 T.S 엘리엇의 『황무지』에 나오는 한 대목이다. 황무지는 메마름과 불모의 이미지가 지배하고 있다. 산속의 이 황폐한 계곡/ 희미한 달빛에 싸여 예배당 주변의/ 나자빠진 무덤들 위에 풀잎은 노래한다 (the grass is singing) 시의 맥락에서 보면 '풀잎의 노래'는 즐거움과 기쁨에서 나오는 노래가 아니라 비극과 죽음에서 나오는 노래다. 메리와 리처드 농장은 마치 불모지처럼 생산성 없는 땅이고 그들의 삶은 점점 황폐해졌다. 도리스 레싱이 황무지의 한 대목을 제사로 쓰면서 환기한 이미지가 죽음 아닐까. 메리를 둘러싼 자연(풀잎)은 곧 죽음의 다른 이름이니까 말이다. 그러니 이렇게도 말할 수 있을 것이다. 풀잎은 죽음을 노래한다.

감당할 수 있는 진실

『몽실 언니』(권정생)

생각해 보면, 내가 좋아하는 동화는 모두 슬픈 이야기였다. 『인어공주』가 목소리를 내어 주고 사람이 되지만 결국 왕자와의 사랑을 이루지 못해 물거품이 되고, 『아낌없이 주는 나무』가 사랑하는 소년을 위해 사과, 나뭇잎, 기둥 모든 걸 내어 주고 결국 그루터기만 남은 모습은 언제 읽어도 마음 한 구석이 아릿하다. 자신의 가장 소중한 것을 내어 주면서까지 사랑하는 모습은 언제나 마음을 울린다. 슬프고도 아름다운 이야기의 계보가 있다면 빠지지 않을 책이 있다. 권정생의 『몽실 언니』(창비, 2012).

한국전쟁을 배경으로 한 일곱 살 몽실의 성장과정은 가난과 배고픔, 아픈 가족사로 점철되어 있다. 몽실의 엄마 밀양

댁은 가난을 견디기 어려워 남편을 버리고 경제적 여유가 있는 집 후처로 들어가고 같이 간 몽실은 군식구 취급을 받다가 다리를 다치고 만다. 그때부터 절름발이가 되어 평생을 살아가는 몽실. 진짜 아버지에게로 돌아간 몽실은 보살핌을 받아야 할 나이에 살림을 도맡아 한다. 아버지가 새어머니를 맞아들여 몽실의 일이 조금 줄어드는가 싶더니 새어머니 북촌댁은 아이를 낳자마자 세상을 떠난다. 갓 태어난 동생 난남이는 몽실에게 맡겨진다. 한국전쟁이 터지고 아버지는 징집을 갔으니 열 살밖에 안 된 몽실이 난남의 유일한 보호자가 된다. 이복동생이지만 몽실은 난남이를 업고 다니며 먹을 걸 구걸하며 정성으로 키운다.

긴 기다림 끝에 아버지는 전쟁에서 돌아오지만 중간에 이탈해 명예로운 상이용사가 아니다. 그는 몽실에게 도움이 되기는커녕 아프기만 하다가 세상을 떠난다. 그 사이 엄마 밀양댁도 세상을 떠나고 이제 남은 건 몽실을 절름발이로 만들었던 새아버지와 이복동생들이다. 몽실은 아버지와 어머니에게 온전한 사랑과 돌봄을 받지 못하지만 다른 사람을 생각하는 데 인색하지 않다. 이복동생들을 친동생처럼 여기고 아끼고 사랑한다. 시간이 흘러 몽실은 꼽추와 결혼을 하고 남매의 어머니가 된다. 아픈 동생 난남을 보러 병원을 방문하

는 장면이 소설의 마지막이다. '언니, 몽실 언니…' 난남이 기
도처럼 부르는 몽실의 이름은 몽실에 대한 표현할 길 없는 고
마움과 미안함 그리고 무엇보다 모든 것을 내어 준 몽실의 삶
에 대한 뜨거운 눈물이었다.

눈물 없이는 읽을 수 없는 이야기다. 이렇게 슬퍼도 되나?
아니, 이렇게까지 슬픈 이야기를 아이들이 알아야 하나 의구
심을 떨칠 수가 없었다. 어른들도 감당하기 어려운 이야기를
아이들은 어떻게 감당할 수 있을까. 아동문학가 케이트 디카
밀로는 이렇게 말한다. '아이들에게 진실을 말하되, 그 진실
을 감당할 수 있는 것으로 만들어 내는 것. 그것이 동화작가
의 일'이라고. 이를테면 어머니가 아버지를 버리고 다른 집으
로 갔다는 이야기, 그래서 '화냥년의 딸'이라는 욕설을 들어
야 했던 이야기. 어머니와 아버지 도움을 받지 못해 구걸을
해야 했던 이야기를 듣는다. 독자는 몽실에게 일어난 '괜찮지
않은 일들'이 몽실이 절뚝거리며 걸어가는 삶을 통해 괜찮아
지는 과정을 읽는다.

아이들은 슬픈 동화를 통해 훗날 닥쳐올 슬픈 일에 대해
예방주사를 맞는지도 모른다. 권정생 선생이 '내 동화는 슬프
지만 절망은 없다.'고 말했듯 몽실은 전쟁의 폐허 속에서 작
지만 아름다운 꽃을 피웠다. 몽실은 힘들고 아프다고 어리광

을 부릴 수도 없었고 다리가 부러져 퉁퉁 부었는데도 눈물을 삼켜야 했다. 어머니와 아버지가 따로 떨어져 사니 어머니와 있을 때는 아버지가 그립고 아버지와 있을 때는 어머니가 그리웠다. 그리워도 그립다고 말할 수가 없었다. 몽실은 자신을 버린 어머니 아버지를 탓하고 원망하기보다 '어쩔 수 없는 일'이라며 오히려 부모를 안쓰럽게 여긴다. '아버지도 엄마도 모두 나쁘지 않아요. 나쁜 건 따로 있어요. 어디선가 누군가가 나쁘게 만들고 있어요. 죄 없는 사람들이 서로 죽고 죽는 건 그 누구 때문이어요.'(105쪽)

정식 학교를 다녀 본 적 없는 몽실에게 학교는 삶 자체였다. 야학교에서 최 선생의 '인생의 길'이란 말을 들은 뒤, 몽실은 곰곰이 생각하는 아이가 되어 사람들의 삶을 관찰한다. 몽실의 깨달음은 여기서 온다. '엄마 원망 안 해. 사람은 각자가 자기의 인생이 있다고 했어.' 낮은 자에게 목소리를 부여하는 것이 문학의 역할이라고 생각했던 권정생 선생은 낮은 자의 서러운 이야기를 들려준다. 무엇보다 권정생 선생은 '인생의 가장 밑바닥 생활인 걸식'도 경험했고 열아홉 살 때부터 결핵을 앓았으니 일흔 살에 눈감기까지 그의 삶은 시련 그 자체였다. 몽실의 삶과 다르지 않다.

어쩌면 몽실의 삶은 그 누구보다 작가 자신에게 들려주고 싶은 이야기가 아니었을까. 쓸모가 있어서 쓰임받는 것이 아니라 스스로 쓰임받고자 할 때 쓰임받는다. 삶의 쓸모를 고민했던 작가가 죽음을 앞두고 유서처럼 동화를 썼다. 바로 『강아지똥』이다. 몸뚱이를 고스란히 녹여 '민들레의 몸속으로 들어가 예쁜 꽃을 피워 올리는 하찮은 강아지똥' 이야기. 아무도 아름답다고 여기지 않으며 돌아보지 않는 강아지똥. 『강아지똥』은 몽실이 자신의 삶을 고스란히 녹여 동생들을 보살피고 돌보는 삶과 닮았다. 어느 누구도 절뚝거리는 다리로 걸어 다니던 몽실, 강아지똥을 하찮다고 말할 수 없을 것이다. 절룩거리는 다리지만 누구보다 힘차게 걸었던 몽실. 작가는 이 세상에 있는 작고 하찮은 것을 글에 담았다.

'세상을 사랑하기에, 세상에 관한 진실을' 동화작가는 말한다. 슬프고도 애통하지만 아름다운 진실을. 슬픈 일들이 일어나지만 그럼에도 불구하고 살아가는 동화 속 주인공을 보며 괜찮아질 수 있음을 배운다. 그리고 인생의 막다른 골목에서도 '우리는 혼자가 아니라는' 위안을 얻는다. 『몽실 언니』에서 보여 주는 극단적 가난과 배고픔은 지금 없지만 오늘날에도 여전히 몽실이 베풀었던 마음이 필요하다. 이복동생도 친동생처럼 여기고 품어 주는 마음이. 누군가를 탓하기보다 삶의 불가피성, 즉 '인생의 어쩔 수 없음'을 깨닫고 '각자의 인생이 있는 것'이라 여기는 마음이. 몽실의 모습은 오히려 어른보다 더 성숙하다.

책 제목이 '몽실'이 아니고 '몽실 언니'인 이유가 여기 있다. '언니'는 단순한 호칭이 아니라 가족을 위해 자신의 삶을 헌신하는 사람을 포괄적으로 이르는 말이다. 한국전쟁 이후 한강의 기적이라는 이름 아래 눈부신 경제성장을 이루었지만 그러한 기적은 수많은 '몽실 언니' 덕분에 가능했다고. '몽실 언니'의 눈물겨운 희생과 보살핌 덕분에 가능했음을 『몽실 언니』는 증언한다. 우리는 그 슬픈 진실 덕분에 지금의 오늘을 감당할 수 있는지도 모른다.

아름답고 쓸모없는 독서

문학의, 문학에 의한, 문학을 위한 삶

『스토너』(존 윌리엄스)

대학시절 부고기사를 쓴 적이 있다. 기사 쓰기 수업의 첫 과제였는데 부고의 대상은 자기 자신이었다. 나의 죽음을 상상하며 써야 했다. 살아온 날보다 살아갈 날이 많다고 믿는 20대에게 죽음은 낯설었다. 부고기사는 당연하게도 사망 날짜가 가장 먼저 등장한다. 가장 마지막이 처음이 되며 현재에서 과거로 역순으로 진행된다. 수업에서 요구한 부고기사는 신문에 실리는 고인에 대한 메마른 정보가 아니라 한 사람의 인생 궤적을 담은 글이었다. 짧은 전기이자 회고록으로도 읽을 수 있는 부고기사는 어떤 사람으로 기억되고 싶은가에 관한 물음이었다.

부고기사를 떠올린 건 존 윌리엄스의 소설 『스토너』(RHK,

2015)에서 비롯되었다. '윌리엄 스토너는 1910년, 열아홉의 나이로 미주리 대학에 입학했다. 8년 뒤, 제1차 세계대전이 한창일 때 그는 박사학위를 받고 같은 대학의 강사가 되어 1956년 세상을 떠날 때까지 강단에 섰다. 그는 조교수 이상 올라가지 못했으며, 그의 강의를 들은 학생들 중에도 그를 조금이라도 선명하게 기억하는 사람은 거의 없었다.'(8쪽) 짧게 요약된 스토너의 삶이 어쩐지 스산하다. 한 사람의 일대기를 그리면서 출생이 아닌 죽음을 먼저 언급한다는 것은 무엇을 의미하는가.

소설은 스토너가 어떤 삶을 살았는지 요약된 삶의 행간을 채우면서 나아간다. 1891년부터 1956년까지 65년에 이르는 시간이 한 권에 담겨 있다. 독자는 한 사람의 일생을 읽는다. 소설은 윌리엄 스토너를 어떻게 기억하는가. 영문과 교수 윌리엄 스토너는 높은 명성과는 거리가 먼 잊힌 사람이다. 묘하게도 주인공 스토너와 소설 『스토너』의 운명은 닮았다. 1965년 『스토너』가 처음 발표되었을 때 소설은 주목받지 못하고 곧 잊혀졌다. 훗날 '뉴욕 리뷰 오브 북스'에서 2006년에 재출간되며 유럽에서 호평을 얻었고 베스트셀러가 되어 국내에 2015년이 되어서야 소개되었다. 실제 출간된 해와 국내에 소개된 해 사이에 50년이라는 시차가 있다. 작품은 시대의 산물이라고 하지만 시대는 잊힌 작품을 다시 불러오기도 한다. 스토너가 새롭게 발견되고 부활한 힘은 무엇이었을까.

미주리 주의 작고 가난한 농가에서 태어난 스토너는 아주 어린 시절부터 부모님의 농사일을 거들었다. 힘겨운 농사일에 보태는 그의 노동은 당연하게 여겨졌기 때문에 아버지의 대학진학 권유는 놀라운 제안이었다. 대학은 스토너에게 새로운 세계였을 뿐 아니라 삶의 방향을 바꾸어 놓았다. 셰익스피어의 소네트 73번. '셰익스피어가 300년의 세월을 건너뛰어 자네에게 말을 걸고 있네, 그의 목소리가 들리나?' 소네트의 의미를 묻는 아처 슬론 교수의 질문에 스토너의 몸이 굳어 버린다. 생전 처음 경험하는 기분을 느낀다. '모르겠나, 스토너군? 아직도 자신을 모르겠어? 자네는 교육자가 될 사람일세. 이건 사랑일세, 스토너군. 자네는 사랑에 빠졌어.' 스토너 자신도 정의할 수 없었던 문학에 대한 이끌림을 슬론 교수는 사랑이라고 정의한다.

부모님과 암묵적으로 합의했던 농장으로 귀환이 아니라 학교에 남아 영문학을 공부하는 선택은 하나의 세계가 닫히고 다른 세계가 열린다는 것을 의미했다. 부모님이 '낯선 타인들'처럼 변하면서 스토너는 상실감을 느꼈다. 전쟁 중 학업을 계속하는 선택 역시 마찬가지였다. 학교에 남은 스토너는 주변

의 따가운 시선을 받았다. 친구의 전사 소식은 상실감을 안
겼고 전쟁이 남기고 간 그림자에서 자유로울 수 없었다. 슬
론 교수의 말은 이미 모든 것을 알고 있었다는 예언처럼 다가
왔다. '전쟁으로 인해 사람들 마음속에서도 다시는 돌이킬 수
없는 뭔가가 죽어 버린다네.'(53쪽) 상실에도 불구하고 스토너
는 계속 배우고 가르치며 공부한다. 마치 어떠한 상실과 파괴
에서도 자신을 지켜 줄 세계를 구축하는 것처럼.

한눈에 반했던 이디스와의 결혼이 '한 달도 안 돼서 실패작'
임을 깨달았을 때, 스토너는 자신의 방법대로 이디스를 만족
시키려 했지만 늘 실패했다. 이디스는 이디스만의 세계가 있
었고 스토너는 그녀의 세계에 들어갈 수 없었다. 스토너가 사
랑했던 이디스는 사라지고 있었다. 사랑의 빈자리를 딸 그레
이스가 채워 주었다. 스토너는 이디스 대신 딸을 돌보면서 딸
에 대한 애정을 키웠고 서재에서 딸과 함께 시간을 보낼 때면
더 없는 행복을 느꼈다. 동시에 그는 학자로서 연구를 멈추지
않고 교육자로서 가능성을 넓히며 자신의 첫 책을 썼다.

행복한 순간은 짧았다. 어느 날 갑자기 등장한 이디스의 히
스테리는 스토너의 연구를 방해하고 딸과의 관계도 단절시켰
다. 스토너는 이디스와 정면으로 부딪치기보다 침묵으로 일
관하거나 무관심으로 대처했다. 그는 자신의 연구와 공부를

146

피난처로 삼았다. 특유의 무심함이 스토너가 어찌할 수 없는 상황에 대처하는 방식이었다. 스토너를 곤경에 빠뜨린 학생 워커와 로맥스 교수의 부당한 처우에도 스토너는 항의하거나 맞서지 않았다. 오로지 문학을 제대로 가르칠 권리만을 지키며 세상의 부조리와 싸웠다. 점점 고립되고 무력감을 느낄 무렵 스토너는 캐서린과 만나기 시작했다. 마흔세 살의 교수와 스무 살 후반의 강사와의 만남은 연애로 이어졌다. 캐서린과의 사랑은 그가 문학과 사랑에 빠졌던 것처럼 새로운 세계를 열어 주었다. 한 번도 경험해 보지 못한 행복이었다.

스토너와 캐서린의 비밀스러운 연애가 세상에 드러났을 때, 예견된 이별을 맞이해야 했다. 스토너는 자기 인생의 일부가 끝나 버렸음을 느꼈다. 급속도로 수척해지고 고열로 인해 청각을 일부 잃을 정도로 이별통을 호되게 겪으면서.

스토너는 격렬한 상실감을 겪은 후 가르치는 일에 맹렬히 몰두한다. 상실이 가져온 무력함 속에서 할 수 있는 유일한 일이라는 듯이. 아내 이디스와의 결혼생활, 딸 그레이스와 보냈던 행복한 시간, 그리고 캐서린과의 사랑, 그가 한때 열정을 품었던 대상이지만 이제 사라지고 없다. 다시는 돌아오지 않을, 죽어 버린 시간과 사랑에 대한 스토너의 애도 방법은 공부였다. 공부에 대한 헌신. 스토너에게 공부는 그를 배반하거나 떠나지 않고 변함 없이 자리를 지켜 주는 유일한 것이었다. 공부가 수단이 아니라 목적인 삶. 그가 마지막까지 품었던 열정의 대상은 공부였다.

스토너에게 이제 시간이 얼마 남지 않았다. 쇠약해진 그는 침대에 누워서 지나간 시간을 헤아려 본다. '넌 무엇을 기대했나?' 대학에 삶을 바쳤지만 대학은 그만큼 보상해 주었는가. 그가 사랑한 문학은 그에게 무엇을 주었는가. 스토너는 '자신이 하고 싶은 일을 하며 애정을 갖고 있었다.' 그렇기에 그는 자신의 이름이 다른 사람들에게 선명하게 기억되지 않더라도 충분히 만족스러운 삶이 아니었을까. 열정을 쏟아부은 책이 이제 망각 속에 묻히고 아무런 쓸모가 없다는 사실이 '그에게 별로 중요하지 않듯이' 말이다. 중요한 건 그가 열정을 쏟아부었다는 사실 자체였다.

스토너는 소설의 첫 장면에서 실패한 인물처럼 묘사되지만, 마지막 장면이 그 시선을 뒤집는다. 놀라운 반전 아닌가. 아무도 기억하지 못하는 삶이 실패가 아니라 성공의 다른 이름이라는 것을. 스토너는 누구보다 자기 자신으로 살았다. 자신이 무엇을 좋아하는지 발견하고 좋아하는 일을 평생 하는 것이 성공이라면 스토너는 누구보다 성공한 삶을 살았다. 다른 사람에게 받는 인정과는 별개로 말이다. 독자는 이제

　　　　　　　　　　　아름답고 쓸모없는 독서

스토너의 평범한 삶이 특별했음을 안다. 성공과 실패의 저울은 외부의 시선이 아니라 삶을 살아 내는 주인공에게 있음을. '그는 손가락으로 책장을 펄럭펄럭 넘기며 짜릿함을 느꼈다. 손가락에 힘이 빠지자 책이 침묵 속으로 떨어졌다.' 삶이 마지막으로 선사해 준 가장 스토너다운 순간이었다.

『스토너』는 부조리에 맞서 싸우며 승리를 쟁취하는 영웅적인 서사를 보여 주지 않는다. 스토너는 선택에 따른 기회비용을 치르듯 모든 부조리와 모욕을 겪는다. 스토너가 수동적인 사람일까? 그는 부모의 기대를 알면서도 농학 대신 문학을 선택했다. 참전 대신 학교에 남기로 한 결정도 그의 주체적 선택이었다. 로맥스 교수에게 당하는 것처럼 보이지만 자신을 지키기 위한 최선의 선택이었음을, 캐서린과의 사랑을 포기한 것처럼 보이지만 모두를 지키기 위한 최선의 선택이었음을. 선택한 삶에 책임지는 한 남자의 모습을 본다. 문학을 선택한 삶이 헛되지 않기 위해 스토너는 다시 의지를 불태우며 가르치는 일에 몰두한다.

스토너가 물었던 '넌 무엇을 기대했나?', 어떻게 기억되길 원하는가?는 어쩌면 부차적인 질문인지도 모른다. 다른 사람에게 희미하게 기억되고 적절한 대우를 받지 못하더라도 스토너는 문학을 향한 사랑을 끝까지 지키며 헌신했다. 자신과 동일시한 문학을. 그는 어떻게 기억되는가를 위해 자신을 버리거나 문학을 희생하지 않았다. 패배로 보이는 삶을 한 꺼풀 벗겨 보면 그 안에는 단지 패배라고만 부를 수 없는 한 사람의 고투가 있다. 스토너는 조용한 성취를 이루었다. 그는 누구보다 자기 자신이 됨으로써 스스로에게 영웅이 되었다.

　　　　　　　　　아름답고 쓸모없는 독서

욕망은 늙지 않는다

『죽어가는 짐승』 (필립 로스)

　'몸에도 뇌만큼 삶의 이야기가 담겨 있다.'(에드나 오브라이언)
몸이 기억하는 이야기가 있다. 프루스트의 『잃어버린 시간을
찾아서』가 마들렌에서 시작하듯 몸의 감각은 잠들어 있는 이
야기를 깨운다. 어떤 냄새, 어떤 소리, 어떤 맛처럼 몸이 기억
하는 감각이야말로 가장 생생한 이야기가 아닐까?

　시간이 지날수록 몸과 뇌의 불일치가 일어난다. 나의 뇌는
'날카로운 감각'을 여전히 기억하고 있는데 내 몸은 그때 몸
이 아니다. 몸과 뇌는 서로 영향을 주고받지만 서로에게 언
제나 친절하고 협력적이지 않다. 필립 로스의 『죽어가는 짐
승』(문학동네, 2015)은 이에 대해 흥미로운 질문을 던진다. 몸이
늙을 때 욕망이 늙지 않는다면 어떻게 되는 걸까. 여기 몸과

뇌의 불일치 사이에서 혼란을 겪는 한 남자가 있다.

케페시는 대학에서 학생들을 가르치고 방송에서 문학평론가로 활동하는 일흔 살에 이른 노교수다. 스스로 '여성적 아름다움에 아주 약하다.'고 말하는 그에게는 명성뿐 아니라 지적, 예술적 감수성(그는 피아노를 즐겨 친다.)이라는 자원이 있다. 케페시는 이혼 후 그의 수업을 듣는 여학생들과 자유로운 성생활을 영위한다. 몸을 섞을 뿐 감정을 섞지 않는 것이 그의 원칙이다. 감정이 섞인 사랑은 구속의 다른 이름이었기 때문이다. 하지만 자유롭고 완전한 요새는 부유하고 전통적인 가정에서 자란 쿠바계 여학생 콘수엘라를 만나면서 완벽하게 깨진다. 소설은 콘수엘라를 만난 팔 년 전 경험을 회고하면서 시작한다.

'오직 섹스를 할 때만 인생에서 싫어하는 모든 것과 인생에서 패배했던 모든 것에 순간적으로나마 순수하게 복수할 수 있기 때문이야. 오직 그때에만 가장 깨끗하게 살아 있고 가장 깨끗하게 자기 자신일 수 있기 때문이야. 섹스는 죽음에 대한 복수이기도 해.'(88쪽) 예순 둘에 이른 케페시의 몸은 늙었지만 욕망은 늙지 않았다. 케페시는 '아무리 나이가 들어도 어떤 것도, 어떤 것도 잠잠해지지 않는데, 이 사실을 내가 어떻게 할 수 있겠어?'라고 반문한다. 그에게 섹스란 죽음과 늙

아름답고 쓸모없는 독서

어감에 가하는 복수였다. 시간의 중력에 반항하며 몸부림치는 것. 살아 있음을 가장 격렬하게 느끼는 행위이자 생명의 연료. 다시 말해 섹스는 케페시에게 밥을 먹고 옷을 입고 배설하듯 무엇과도 바꿀 수 없는 생생한 삶의 현장이었다.

몸으로 하는 사랑은 케페시에게 선명한 생의 감각이지만 스물넷의 콘수엘라를 만나면서 그는 어느 때보다 늙음을 처절히 느낀다. 정확히 말하자면 '죽어 가고 있음'을 경험한다. 늙은 몸과 늙지 않는 욕망의 불일치가 생생한 젊음 앞에서 초라해진다. 환한 불빛에서 주름진 얼굴이 적나라하게 보이듯 완벽한 콘수엘라의 몸이 보여 주는 생명력 앞에서 그는 감출 수 없는 늙음을 마주한다. 케페시가 늙음과 죽어감을 마주한다면 콘수엘라는 케페시를 통해 아름다운 몸을 인식한다. 작품은 관객이 존재할 때 빛을 발하듯 콘수엘라의 몸은 눈부신 작품이요, 케페시는 관객이었다. 케페시와 콘수엘라는 서로에게 거울 같은 존재였다. 케페시는 콘수엘라의 몸에 경이로움을 느끼면서 동시에 자신의 늙음을 인식했고 콘수엘라는 케페시의 시선을 통해 자신의 아름다움을 보았다.

케페시가 밝히는 여성 편력은 성도착자의 고백이 아니라 자유를 쟁취한 자의 연대기다. 그는 성욕구와 자유로운 성생활이 계보를 갖고 있음을 밝힐 뿐 아니라 자신이 1960년대 있었던 성해방의 산물이라고 스스로를 변호한다. 무엇을 변호하는가. 자유로운 생활을 위해서 가정을 버린 남자, 아버지 자리를 박차고 나온 자신을 변호한다. 아버지 자리를 버린 대가로 그는 하나뿐인 아들에게 평생 원망과 미움을 받는다. '나는 아들을 배신해야 했고, 그 때문에 용서를 받지 못하고 있고 앞으로도 용서받지 못할 거야.'(96쪽) 케페시가 카라마조프적 아버지에 비유되는 이유는 카르마조프 역시 '자식은 그의 방탕에 방해가 되어서' 자식을 떠난 아버지였기 때문이다. 케페시는 욕망을 억압하는 사회에 '망치'를 들고 자신의 자유를 수호하기 위해 가정을 떠났다.

　그토록 애지중지하던 자유였기에 콘스엘라는 무서운 존재가 된다. 그녀의 생명력이 너무나 강렬해서 그의 늙음이 감당할 수 없을 만큼. 나이 예순이면 더 이상 놀라울 일이 없으리라 여겼지만 케페시의 삶은 뒤흔들린다. 그녀의 젊음에. 더 구체적으로는 '신체의 광채'에. 콘수엘라는 그의 평화를 깨뜨리는 사랑이라는 이물질, 자체였다. 이제 그에게 자유로운 삶으로 유지되던 평화는 사라졌다. 케페시는 무서운 질투에 휩싸인다. '충족과 소유의 느낌은 어디로 갔을까? 아이를 가지고 있으면서도 왜 가지지 못하는 걸까? 원하는 것을 얻고 있는 순간에도 원하는 것을 얻지 못하고 있어.'(54쪽) 그동안 케페시가 감정에 거리를 두며 열렬히 쾌락에 몰두할 수 있었던 이유는 그가 늙음을 인지하지 않았기 때문이었다.

여기까지 읽으면 '죽어가는 짐승'은 케페시라는 것이 분명하다. 하지만 필립 로스는 죽음과 늙어감의 순서를 뒤바꾼다. 케페시에게 광채와도 같던 존재, 콘수엘라의 가슴이 사라질 위기에 처해 있다면? 죽어 가고 있는 속도가 역전된다면? '죽어 가는 짐승'이 누구인지 다시 묻게 된다.

일 년 넘게 지속된 콘수엘라와 케페시의 관계는 콘수엘라의 이별통보로 끝난다. 하지만 몇 달 후 콘수엘라는 케페시에게 엽서를 보낸다. 모딜라니아의 누드가 그려진 엽서를. 책 표지로도 쓰인 모딜라니아 그림은 콘수엘라의 몸이 가진 관능성을 잘 드러낸다. 아무것도 걸치지 않고 풍만한 가슴과 음부를 드러내며 누워 있는 여성. 콘수엘라가 유방암 진단을 받고 케페시를 다시 찾아간 이유는 자신의 몸을 제대로 사랑해 준 유일한 사람이었기 때문이다. 예술품은 보아 주는 사람이 있어야 존재 가치가 증명되듯 콘수엘라의 만족은 자신의 몸을 봐주고 경탄해 주는 상대가 있어야 완성되었다. 어쩌면 살아 있음을 확인받고 싶은 마음이 아니었을까. 완벽한 몸이 수술로 망가지기 전에 몸의 아름다움을 알아줄 단 한 사람에게 기억되는 일을 통해서.

'아이의 시간 감각은 이제 나와 같아, 가속도가 붙고 심지어 내 감각보다 쓸쓸해. 아이는 사실 나를 따라잡았어.'(177쪽) 사랑은 연민이라고 했던가. 케페시는 '죽어 가는 짐승'이 된 콘수엘라가 있는 병원에 가고자 한다. 하지만 가려는 그를 붙잡는 목소리가 있다. 소설 내내 케페시의 이야기를 들어주던 상대의 목소리다. "가지 마요. 생각해 보세요. 생각해 봐요. 가면 망하는 거예요." 하지만 그건 케페시 자신의 목소리인지도 모른다. "자유로운 사람은 자유롭다는 바로 그 이유 때문에 미치거나 어리석거나 비참할지는 몰라도 우스꽝스럽지는 않아. 그는 한 존재로서 자기 크기를 갖고 있어."(129쪽)라고 말했던 케페시이기에. 자유를 위해서 가정마저 외면했던 남자이기에. 콘수엘라에게 다시 돌아가는 길은 그가 자유롭기 위해 거부했던 애착에 스스로 구속되는 길일 테니까 말이다.

왜 제목이 죽어 가는 '인간'이 아니고 죽어 가는 '짐승'일까. 오직 몸으로 사랑할 때만이 '가장 깨끗하게 살아 있고 가장 깨끗하게 자기 자신일 수 있다.'고 말하는 케페시는 욕망을 숨기지 않는다. 오히려 욕망으로 살아가는 인물이다. 나이 들어도 나이 들지 않는 몸에 대한 욕망. 하지만 필립 로스는 그것이 케페시만의 특이한 점이라고 말하지 않는 듯하다. 유

아름답고 쓸모없는 독서

방암 수술을 앞두고 자신의 몸을 확인하고 싶었던 콘수엘라나 뇌졸중으로 죽음을 맞이하는 케페시의 친구 조지 오언의 마지막 행동은 몸에 대한 갈망을 보여 준다. 그 갈망은 생명을 향한 열망 아닐까. 욕망은 생명력의 다른 이름이라는 것을 『죽어가는 짐승』은 충실히 보여 준다.

읽고 쓰고 생각할 자유

『동물농장』, 『1984』(조지 오웰)

다섯 살 때부터 시를 지어서 어머니께 보여 주었던 조지 오웰은 이미 '대여섯 살 때 작가가 되리란 걸 알고 있었다.' 스스로 운명을 예감했던 셈이다. 그의 예언대로 작가가 된 오웰은 '글쓰기는 내 운명이었다.'라고 말할 법하지만 그는 운명이라는 말 대신 글을 쓰는 분명한 이유 네 가지를 말한다. 사후에 기억되고 싶은 순전한 이기심, 세상의 아름다움을 언어로 표현하고 싶은 미학적 열정, 있는 그대로 보고 진실을 말하는 역사적 충동, 마지막으로 정치적인 글쓰기를 예술로 만들기가 그것이다.

1945년에 발표한 『동물농장』(민음사, 2009)은 오웰의 가장 유명한 작품이자 '정치적 글쓰기를 예술로 만든' 대표적인 작품이다. 스탈린 체제의 소련 신화를 비판하기 위해 쓰였지만 체제가 무너지고 난 후에도 여전히 읽힌다. 억압적인 체제는 얼굴을 바꾸어서 다른 생각을 허용하지 않는 전체주의로 나타난다.

전체주의는 개별성을 지우고 대중이 무지하기를 바란다. 그들은 왜 대중이 똑똑해지는 것을 두려워하는가. 대중이 판단력이 흐려질 때 전체주의가 유지될 수 있기 때문이다. 읽기와 쓰기라는 단순한 행위가 삶을 지켜 주는 결정적이고 강력한 무기가 될 수 있음을, 쓰기를 통해 보존된 기억이 기만과 거짓 선동에서 구출해 주는 단단한 동아줄이 될 수 있음을 『동물농장』은 보여 준다.

스스로 읽기와 쓰기를 배운 똑똑한 돼지들은 동물들이 지켜야 할 일곱 가지 계명을 만든다. 비참한 노예상태인 동물들이여, 인간에게서 해방되어야 한다, 라는 수퇘지 메이저(마르크스)의 유언을 받들어 만든 계명이다. 이제 농장은 인간의 소유가 아닌 동물들의 소유인 '동물농장'이 되고 '모든 동물들은 평등하다.'라는 이념이 세워진다. 하지만 동물들의 리더가 된 나폴레옹(스탈린)은 충실한 개들(비밀경찰)을 거느리며 일곱 가지 계명을 조금씩 수정해 나간다. 아무도 모르게 은밀하게.

'아무도 모르게'가 가능했던 이유는 다수 동물들이 읽고 쓸 줄 몰랐기 때문이다. 동물 살육이 일어나고 리더 돼지들이 술 마시는 걸 보면서 어딘가 이상하고 잘못되었다고 느끼지만, 동물들은 바뀐 계명을 보면서도 자신들의 기억을 의심했다. 여러 해가 흐르면서 반란을 기억하는 동물들도 서서히 사라졌다. 지워지는 과거는 동물들의 피폐해진 삶을 정당화했다. 일곱 번째 계명, '모든 동물은 평등하다.'는 '모든 동물은 평등하다. 그러나 어떤 동물은 다른 동물들보다 더 평등하다.'가 되었고 그렇게 동물들은 리더 돼지들에게 기만당하고 배신당했다.

만약 글을 읽을 수 있던 당나귀 벤자민이 좀 더 적극적으로 행동해서 일곱 계명을 기록했다면 상황은 조금 더 나아졌을까? 지도자들의 행동이 의심스러울 때, 적어 둔 계명과 바뀐 계명을 비교대조할 수 있었다면 이해 불가한 사태에 대해 당당하게 해명을 요구할 수 있었을까? (물론 나폴레옹의 사나운 개들에게 위협받았을 테지만) 소수 동물들이 아닌 조금 더 많은 동물들이 읽고 쓸 줄 알았다면 그렇게 노예처럼 일하면서 당하지만은 않았을 것이다. 인간에게 저항하며 농장을 탈취했던 혁명을 기억하며 다수의 동물들이 힘을 합쳤다면 리더 돼지들의 만행과 동물농장의 비극을 막을 수 있지 않았을까.

『동물농장』을 혁명의 성공과 실패라는 익숙한 프레임 대신 읽고 쓰는 힘이 독재 권력과 전체주의에 저항하는 행위라는 프레임으로 읽는다. 읽고 쓰는 힘이 전부는 아닐지라도 자신은 물론 공동체를 지키는 힘이 될 수 있음을 확인하기 위해서다. 자유, 평등, 정의라는 혁명의 가치는 얼마나 쉽게 훼손되는지, 권력이 어떻게 자유를 억압하는지 보여 주는 이야기는 3년 뒤에 발표한 『1984』(문학동네, 2010)에서도 이어진다.

오웰은 '유럽 최후의 남자'라는 제목으로 쓰기 시작했지만 나중에 소설이 완성된 해 '1948년' 뒤의 두 자리를 바꿔 '1984'로 제목을 고친다. 『1984』는 상상력을 바탕으로 한 예언적 미래가 아닌 오웰이 경험한 1940년대를 극단적으로 그린다. 주인공 윈스턴 스미스가 '최후의 남자'인 이유는 그가 과거의 향수를 간직한 혁명 전후를 동시에 경험한 인물이기 때문이다. 윈스턴이 현재 사는 세계, 오세아니아는 당원과 대중으로 분리된 세계다. 두뇌의 손발 역할을 하는 당원은 내부당원과 외부당원으로 나뉘고 그 밑으로는 전체 인구의 85퍼센트에 이르는 대중이 있다.

윈스턴은 진리부에서 일하는 당원이다. '빅브라더는 당신을 지켜보고 있다.' 포스터 아래 윈스턴의 일거수일투족이 빠짐없이 탐지되고 텔레스크린은 윈스턴의 작은 소리도 포착한다. 그는 텔레스크린이 지켜보는 가운데 일기를 쓴다. 쓴다는 행위는 목숨을 걸 만큼 위험한 일이다. 일기란 과거를 복기하고 박제하며 보존하는 일이라서 '사상죄'에 해당한다. '과거를 지배하는 자는 미래를 지배한다. 현재를 지배하는 자는 과거를 지배한다.'는 당의 구호는 과거를 지배하고자 하는 그들의 목표를 보여 준다. 이를 어기는 자는 반역자이며 죄인이다. 윈스턴은 죄를 짓는 줄 알면서도 과거의 기억을 꺼내서 쓴다. 왜 그는 위험을 무릅쓰고 쓰려고 하는가. '모든 역사란 필요하면 깨끗이 지워 버리고 다시 고쳐 쓰는 양피지와 똑같았다.'는 말에 저항하기 위해, '누구 하나 들어주지 않는 진실'을 말하기 위해 고독한 유령이 되어 쓴다.

빅브라더에 반감을 품은 윈스턴은 쓰기가 억압된 사회에서 점점 '자신을 표현하는 능력을 상실'한다고 느낀다. 뉴스피크(newspeak)라고 불리는 '신어'는 생각의 자유를 억압하고 과거를 지운다. '신어는 사고의 범위를 넓히기 위해 만들어진 것이 아니라 줄이기 위해 만들어진 것'이기 때문에 신어가 탄생함과 동시에 기존의 단어가 사라진다. 구어가 사라지면 구어로 쓰인 작품을 번역하거나 읽을 수가 없어서 과거와 단절된다.

오웰은 에세이 「정치와 영어」에서 '사상이 언어를 부패시킨다고 한다면 언어 또한 사상을 부패시킬 수 있다.'고 말했을 만큼 언어와 사상의 연관성을 피력했다. '정치적 언어는 거짓을 사실처럼 만들고 살인을 존중할 만한 것으로 만들기 위해, 순전한 헛소리를 그럴듯한 것으로 만들기 위해 고안된다.' 히틀러 정권에서 나치의 선전, 선동을 맡았던 괴벨스가 숭배신화를 통해 히틀러를 신으로 만들면서 정치적 언어가 어떻게 사상에 영향을 미치는지 너무나 잘 보여 주지 않는가. 오웰은 신어를 통해서 언어가 어떻게 사고를 통제할 수 있는지 보여 준다. 신어의 수는 해마다 줄어들기 때문에 사고의 범위도 그만큼 줄어든다.

윈스턴은 과거를 쓰면서 지나간 것에 마음을 품는다. 가게에서 산 백 년 넘은 산호가 그것이다. '분명 예전에는 문진으로 사용했으리라 추측됐지만 지금에 와서는 아무런 쓸모가 없는 것이라 더욱 매력을 느낀다.' 옛 노래, 옛 물건. 윈스턴이 가게에서 만난 물건들은 쓸모없지만 전체주의 체제에서 상실된 것을 상징한다. 아름답고 쓸모없는 문진과 같은 옛 물건이 회색빛 도시, 무색 도시에 색깔을 입힌다.

감정도 마찬가지다. 윈스턴이 느끼는 슬픔, 사랑 모두 구시대의 유물이다. 마치 골동품 가게에서 만난 물건들처럼. 어머니를 잃은 슬픔이 윈스턴에게 깊게 자리하지만 비극이라는 감정은 '고대에나 존재했던 유물'이다. 사랑도 마찬가지다. 빅브라더가 감시하는 세상에 사생활이 없으니 사랑도 없다. '성적 방종이 당을 박살 내는 힘'이라서 윈스턴과 줄리안의 사랑은 금지된 행위이자 가장 강력한 반항이다. 생각할 자유와 언어를 감시받는 인간을 인간답게 해주는 사랑. 언어와 사상으로 환원되지 않는 사랑 안에서 윈스턴은 비로소 치유받는다.

하지만 그들의 사랑은 발각되어 한순간의 꿈처럼 끝난다. 줄리안과 윈스턴은 반항한 대가로 형언할 수 없는 고문을 받는다. 윈스턴에게 가장 고통스러운 쥐고문은 그의 생각과 사고마저 개조한다. 고문 끝에 윈스턴은 고백한다. 둘 더하기 둘은 다섯이라고, 빅브라더를 사랑한다고. 생각할 자유, 생각을 말할 자유가 없는 곳, 1984의 세계는 암울한 디스토피아다.

무거운 결말이지만 오웰은 디스토피아에도 희망을 심어 두었다. 줄리안과 윈스턴은 체포되기 전 노래하는 건장한 여인을 본다. '이 사람들은 생각할 줄은 모르지만 자신의 심장과 배와 근육 속에 언젠가는 세상을 뒤엎을 힘을 쌓고 있었다. 희망이 있다면 그것은 노동자에게 있다!'(267쪽) 윈스턴은 여인의 노래가 전체주의 체제가 만든 '거지 같은 노래'지만 멋지게 부르니 기분 좋게 들린다는 것을 체험한다. 감시받지 않는 자유는 자유롭다. 지금 당장은 혁명을 일으킬 만큼 각성되어 있지 않지만, 희망은 의식과 결합될 때 가능할 것이다. 어떤 희망인가. 둘 더하기 둘은 넷이 된다고 말할 수 있는 자유를 누리는 희망을.

『1984』는 인간을 억압하는 모든 권력, 권력이 인간의 자유를 어떻게 억압하고 인간성 상실을 초래하는지 보여 준다. 쓸모없는 아름다움이 우리 삶을 인간답게 지켜 준다는 것. 구시대의 유물로 치부되는 옛 물건들을 지키는 일이 과거를 제거하려는 체제에 맞서는 가장 급진적이자 혁명적인 태도라는 것을. 하지만 체제전복은 홀로 이룰 수 없기에 윈스턴은 실패하고 말지만 그는 대중에게 혁명의 씨앗을 본다. 한순간이나마 수백 명의 목구멍에서 쏟아진 함성이 얼마나 가공할 힘을 발했던가. 왜 그들(대중)은 중대한 일에는 저와 같이 소리를 못 지르는 것일까? 의식과 힘이 동시에 합쳐지지 않는다는 한계가 있지만 여전히 대중에게 희망이 있다고 오웰은 본다.

자유, 정의, 평등의 가치가 역사에서 온전히 지켜진 적이 있던가? 오늘날에도 여전히 그 의미를 묻게 되는 가치들이라서 오웰의 작품은 먼 과거나 미래가 아닌 현재로 읽힌다.

『1984』는 형언할 수 없는 고통 앞에서 가장 깊숙한 곳마저 개조될 수 있다는 디스토피아를 보여 주지만 역설적으로 둘 더하기 둘은 넷이라고 말할 자유와 인간 사랑이 인간의 최후 보루임을 말한다. 과거를 글로 쓰고 남기는 것은 내가 누구인지 인식하는 행위다. 과거를 바꾸고 왜곡하고 증발시켜 버리면 내가 누구였는지 좌표를 잃게 된다. 오웰은 억압적인 체제와 권력에 저항하는 방법으로 쓰기를 실천한 작가다. 그의 글쓰기가 정치적일 수밖에 없는 이유다. 그는 쓰기를 통해 자유를 실현했다.

불행해질 권리

『멋진 신세계』 (올더스 헉슬리)

나는 종종 기분과 싸운다. 정확히 말하면 기분끼리 싸운다. 즐거움과 우울함, 기쁨과 슬픔이 서로 힘겨루기를 한다. 기분의 줄다리기는 무거운 쪽으로 쏠리기 마련이라 맛있는 음식을 먹거나 목욕을 하거나 좋아하는 사람과의 대화로 기분을 끌어올린다. 좀처럼 기분이 나아지지 않을 때면 단숨에 기분을 바꿀 방법이 있으면 좋겠다 싶다. 방법이 없는 건 아니다. 항우울제나 신경안정제의 도움을 받을 수 있다. 그렇다. 기분은 관념이 아니라 생물학적 가정에 기초한 호르몬 작용이다.

올더스 헉슬리가 그리는 '멋진 신세계'에서 산다면 기분과 싸울 필요가 없을 것이다. 사람들은 날마다 '소마'라는 약을 복용한다. 소마는 '행복감을 높여 주고, 환각상태에 빠뜨리는 진정제'다. 이때 행복은 쾌감의 다른 이름이다. 소마에 익숙해진 사람들은 괴로움을 겪을 때 망설이지 않고 소마를 복용한다. 고통과 우울이 단번에 제거된다. 마치 다림질로 주름을 펴듯 구겨진 기분을 편다. 모든 인간 활동이 행복을 목표로 한다면 인간 행복이 실현된 사회는 분명 유토피아며 '멋진 신세계'다. 전쟁과 폭력, 무질서와 혼란이 원천적으로 봉쇄된 사회이자 불안과 갈등이 멸균된 사회. 『멋진 신세계』(소담, 2015)가 보여 주는 미래이다.

인간은 어머니의 자궁이 아니라 병 속에서 태어난다. '포드'의 대량 생산 시스템 아래 컨베이어 벨트에서 생산되는 인간이다. 알파 베타 감마라는 계급에 맞춰 조작되었으니 인간의 운명은 태어날 때부터 정해진 셈이다. 각자 계급에 맞는 능력이 부과되었기에 주어진 역할에 순응하며 살아간다. 안정된 사회가 유지되는 비결이다. 공동체를 최고 가치로 여기기 때문에 사회의 부속품이 되는 삶도 불만으로 여기지 않는다. 그래도 인간인데 어떻게 극단적인 순응이 가능할까. 그들은 태어나는 순간부터 교육받는다. '개인은 만인의 소유'라는 말을 수백 번 복창하고 즐거움을 미루지 말라는 표어에 세뇌당한다. 그들은 '오 하나님(Lord)'이 아니라 '오 포드여(Ford)'

라고 외친다.

포드 시스템이 지배하는 사회는 절대적 안정과 공동체 가치를 추구한다. 흔히 안정과 공동체를 선한 가치라고 여기지만 극단적으로 추구될 때 오히려 인간성을 파괴하는 무기가 된다. 개인의 가치가 조화롭게 어울려 이루어 낸 공동체가 아니라 개별성이 원천적으로 제거된 공동체다. 그들은 혼자 있는 법을 몰라서 자신과 오롯이 마주한 적이 없다. 소수의 알파 플러스 계급만 고독을 인지할 뿐이지만 그들마저도 괴로울 때면 손쉽게 안정을 얻을 수 있는 소마에 굴복한다. 소마로 유지되는 행복, 개별성이 제거된 공동체의 평화는 전체주의가 만들어 낸 가짜 행복이자 가짜 평화다.

하지만 가짜에도 속는 자기기만은 언제나 가능하다. 깊이를 알 수 없는 우울감에 빠지느니 가짜여도 좋으니 위장된 행복과 평화를 원할 수 있다. 헉슬리의 멋진 신세계가 던지는 질문은 불편하다. 그토록 원하던 행복이 이루어졌는데 거부할 수 있는가?

파우스트 박사는 악마 메피스토펠리스에게 영혼을 팔고 젊음을 얻었다. 인어공주는 목소리를 잃고 다리를 얻었다. 모든 일에는 대가가 따른다. '멋진 신세계'는 행복을 대가로 예술을 희생했다. 예술이 보여 주는 진실과 아름다움 대신 쾌락과 안락을 선택했다. 포옹을 하며 인간의 온기를 느끼는 사랑 대신 취향 영화를 보며 기계가 주는 성적 쾌락을 사랑이라 여긴다. 감정과 생각을 나누는 진솔한 대화보다 성관계를 통한 쾌락에 익숙하다. 결혼이 없으므로 가족관계가 부재한다. 병 속에서 태어난 인간은 어머니 품이 지닌 아늑함을 모른다. 어머니가 될 수 없는 여성은 모성을 가질 기회가 없다. 남성 역시 마찬가지다. 남성은 아버지를 가져 본 적이 없으며 아버지가 될 수 없다. 인간이 세상에 태어나자마자 경험하는 원초적 사랑을 그들은 경험하거나 배워 본 적이 없다. 사랑의 기쁨이 없으므로 사랑의 고통도 없다. 부모 자식 간에 사랑이 없으니 가족 간에 다툼도 없다. 사랑에서 잉태되는 모든 감정의 종류들, 질투, 증오 역시 존재하지 않는다.

슬픔과 눈물 없는 사회에 문학이 존재할 필요가 있을까. 셰익스피어의 4대 비극이 이해될 리 만무하다. 인간관계에서 오는 비애와 비극에서 태어난 작품을 어떻게 받아들일 수 있을까. 여기서 예술의 탄생과 존재이유를 묻는다. 예술에 고통과 고난은 창조의 질료임을. 고통 없이 예술은 없으며 인간 삶에 고통이 없다면 예술은 위안이 되어 줄 수 없다는 것을. 쾌락을 자극할 오락이면 충분하다. 하지만 고통 없는 쾌락 추구가 진정한 인간의 모습일까? 어딘가 기이하며 일차

원적이고 납작하다. 패배와 좌절을 모르는 삶에 예술의 자리
는 어디에 있을까. 금지된 건 문학만이 아니다. 성경도 종교
도 없다. 신의 존재를 묻지 않는다. 행복을 위해 예술, 종교
가 희생되었다. 올더스 헉슬리는 '멋진 신세계'에 의문을 제
기한다. 병 속이 아닌 어머니의 자궁이라는 '야만적인' 방식
으로 태어난 존이라는 인물을 통해서다.

'야만인 보호구역'에서 살다가 세계국가에 오게 된 존에게
'멋진 신세계'는 너무나 끔찍한 곳이다. 실험실 병 속이 아닌
엄마의 자궁에서 태어난 존은 성과 소마의 노예가 된 세계국
가의 '문명인'의 삶을 견딜 수 없다. 그의 눈에 비친 세계국가
는 고독할 자유가 없는, 슬퍼할 권리를 박탈당한 곳이다. 고
독할 능력을 상실해 버린 사람들. 이들은 혼자 있는 시간을
통해 '내면의 나'를 만나 본 적이 없다. 지적으로 어른일지 몰
라도 감정과 욕망은 유아기에 머물러 있다. 괴로움은 소마를
먹으면 금방 해결되어서 고통을 인내하는 어떠한 노력도 배
워 본 적이 없다.

누군가를 사랑해 본 적 없고 사랑을 받아 본 적도 없기에
개인의 죽음도 슬프지 않다. '야만인' 존이 어머니 린다의 죽
음 앞에서 오열할 때 세계국가의 쌍둥이들은 죽음을 신기해
하며 하나의 구경거리처럼 쳐다볼 뿐이다. 존은 사랑할 자유

를 박탈당한 불쌍한 문명인들을 향해 외친다.

"'당신들은 자유롭고 인간답게 살고 싶지 않습니까? 인간 다움과 자유가 무엇인지도 모릅니까?" 그리고는 병원의 안뜰로 향한 창문을 열더니 약상자를 열고 소마 알약을 한 주먹씩 꺼내어 던지기 시작했다.'(270쪽) 평화로웠던 세계국가에서 폭동을 일으킨 존은 경찰에게 잡히고 세계총통 무스타파 몬드와 대면하게 된다. 총통은 존에게 묻는다.

> "그렇다면 말할 것도 없이 나이를 먹어 추해지는 권리, 매독과 암에 걸릴 권리, 먹을 것이 떨어지는 권리 (…) 내일 무슨 일이 일어나지 몰라서 끊임없이 불안에 떨 권리, 온갖 표현할 수 없는 고민에 시달릴 권리도 요구하겠나?"
> 존은 대답한다.
> "저는 그 모든 것을 요구합니다."(350쪽)

수단과 방법을 가리지 않고 만들어 낸 행복은 끔찍하다. 목숨이 위태로울지언정 '야만인' 존은 나답게 살 수 있는 자유와 사랑, 신뢰라는 인간의 존엄한 가치를 포기할 수 없다. 그는 자신의 의지와 자유대로 살 수 없는 세상을 사느니 죽음을 택한다.

아름답고 쓸모없는 독서

『멋진 신세계』는 미래에 대한 섬뜩한 경고이면서 진정한 인간다움을 묻는다. 인간다움이란 슬픔, 불행, 고통마저도 껴안는 것임을. 존처럼 비장하고 의연하게 불행해질 권리를 주장하지 못하더라도 적어도 이제 우울과 고통을 무조건 밀어낼 감정이 아니라는 것을 받아들인다. 행복도 소중하지만 불행이 제거된 행복은 온전한 행복이 아니다. 어둠 없이 어떻게 빛을 깨닫겠는가. 불행이 있어야 행복도 존재한다. 깨끗함과 더러움, 행복과 불행, 평화와 갈등 그 영원한 긴장감만이 삶에 탄력을 줄 것이며 탄력이 유지될 때 개인의 삶뿐만이 아니라 건강한 사회로 이어질 것임을 알게 된다. 그것이 모두가 바라는 미래 아닐까.

그럼에도 불구하고 삶은 계속 되니까

『분노의 포도』(존 스타인벡)

　'그럼에도 불구하고' 살아가는 사람들의 삶에 나는 늘 매혹
된다. 상상하기 어려운 아픔을 딛고도 웃기로 선택한 사람,
이전으로 돌아갈 수 없는 상실을 겪고도 살아가는 사람. '그
럼에도 불구하고' 사랑하고 기대하고 희망하는 삶. 내가 바라
는 삶이다. 하지만 현실의 무게가 무릎을 꺾이게 할 때, 예상
하지 못한 타격으로 순식간에 나락으로 떨어지는 느낌이 들
때, 어떻게 삶을 지탱하며 무엇으로 삶을 향해 계속 걸어갈
수 있을까.

　대공황 이후 1930년대를 배경으로 한 존 스타인벡의『분노
의 포도』(민음사, 2008)는 '그럼에도 불구하고' 살아가는 사람들
을 보여 준다. 가뭄과 흙먼지로 망가진 땅, 갚을 수 없는 은행

빚, 땅을 갈아엎고 집을 밀어 버리는 트랙터가 사람들을 내몰았다. 죽어 버린 땅은 더 이상 삶의 터전이 될 수 없어서 사람들은 고향을 떠나야 했다. 오클라호마를 떠나 '일자리도 있고 추운 겨울도 없는 젖과 꿀이 흐르는 땅'으로.

캘리포니아로 향하는 66번 고속도로 위에 농민 30만 명에 이르는 거대한 이주 물결이 펼쳐진다. 톰 조드 가족도 합류한다. 할아버지, 할머니부터 톰 조드 세대에 이르는 삼대 가족이 낡은 중고차를 타고서다. 가족은 아니지만 합류하는 인물 목사 짐 케이시도 있다. 더 나은 삶을 향한 이주였지만 여정은 상상 이상으로 고되고 힘들었다. 먹고 마실 것이 늘 부족했고 할아버지는 도중에 세상을 떠났다. '그 땅이 바로 그 사람이고, 그 사람의 일부'라서 생의 불씨는 출발할 때부터 이미 꺼져 가고 있었다.

할머니마저 세상을 떠나고 가족들은 하나둘 흩어지기 시작한다. 톰 조드의 여동생 로저샨은 열악한 환경에서도 남편 코니와 함께 앞으로 태어날 아가와의 미래를 그린다. 꿈만이 현실을 버티게 하는 유일한 방법이라는 듯이. 그런 로저샨의 기대감 위에 점점 먹구름이 드리운다. 약속의 땅 캘리포니아에 어쩌면 희망이 없을지도 모른다는 불안감이 엄습한 것이다. 수천 마일을 목숨을 걸고 왔건만, 새로운 땅은 결코 그들을 환영하지 않는다는 현실을 알게 된다. 불안감은 현실이 되어 남편 코니는 끝을 알 수 없는 여정에서 중도 이탈한다. 간다는 말도 없이 가족을 두고, 임신한 아내를 버리고 도망가 버린다. 로저샨의 눈에서 눈물이 흘러내린다. 미래에 대한 희망이 산산이 부서질 때, 현재를 대체 무엇으로 견딜 수 있을까.

엄마 조드 부인은 딸의 부은 눈을 보며 단호히 말한다. '마음을 다잡아야지. 마음을 다잡아야 돼. 이리 와서 감자나 까라. 괜히 비참하다는 생각이나 하면서 슬퍼하지 말고. 자, 이 칼로 감자를 까.'(『분노의 포도2』, 87쪽) 조드 부인은 우는 딸을 다 그치며 감자 깎는 방법을 가르친다. 마치 마음을 다잡고 감정을 이기는 데 도움을 주는 건 감자를 깎는 것처럼 일상적인 일이라는 듯이. 뿌리 깊은 나무가 드리우는 넓은 그림자처럼 어떤 상황에도 흔들리지 않으며 정신적 버팀목이 되는 엄마, 조드 부인. 그녀는 기나긴 여정을 이끄는 부드럽고도 침착하며 강인한 여성이다. 살림이랄 것도 없는 이주민의 삶에서 오늘의 일용할 양식을 구하는 데 온 힘을 바치고 가족들을 먹인다. '삶은 계속되는 거예요. 죽는 사람도 있지만 살아남은 사람들은 더 강해지죠. 그냥 하루하루 살아가려고 애쓰는 거예요. 하루하루.'라는 조드 부인의 말은 삶을 향한 주문이다.

아름답고 쓸모없는 독서

조드 부인의 너른 품은 가족에만 한정되지 않는다. 하루하루 끼니를 걱정해야 할 정도로 배가 고프지만 굶주리는 이웃 아이들도 잊지 않는다. 스튜를 끓이는 동안 주변으로 모여든 아이들을 내쫓지 않고 아이들에게 음식을 나누어 준다.

죽을 고비를 넘겨 가며 캘리포니아 땅을 밟았지만 '약속의 땅'은 그들을 반겨 주지 않았다. 그들은 멸시와 냉대를 받았다. 이미 너무 많은 농민들로 일자리는 부족했으며 일하려는 사람이 많으니, 임금은 자꾸 낮아졌다. 과수원은 이제 주렁주렁 과일이 열리는 풍요의 대상이 아니라 분노의 대상이다. 먹을 수 없는 과일. 풍요 속의 빈곤이다. 포도원은 은행 소유가 되고 오로지 대지주들만 살아남는 구조다. 그들은 분노한다. '굶주린 사람들의 눈 속에 점점 커져 가는 분노가 있다. 분노의 포도가 사람들의 영혼을 가득 채우며 점점 익어 간다.'(225쪽)

분노에도 생명력이 있을까. 분노는 세상을 움직이는 힘이자 불의와 싸우는 힘이 된다. '두려움이 분노로 변할 수 있는 한, 파국은 결코 오지 않을 것'이라는 말처럼 분노는 파괴의 힘이 아니라 변화의 힘이다. 삶이 파괴되었지만 그들은 파괴된 삶 앞에 무릎을 꿇지 않는다. 짐 케이시 목사는 '나'에서 '우리', 우리에서 '공동체'로 확대된 정신을 보여 준다. 그의 이름 영문 머리글자(J.C)처럼 예수 그리스도(Jesus Christ)의 모습과 겹친다. 케이시 목사는 톰 조드를 대신해 교도소에 복역하고 나온 후 노동운동에 나선다. 공동체 정신 구현도 잠시, 그는 기업 하수인들에게 희생된다. 현장을 생생히 지켜본 톰은 케이시 목사의 정신을 이어받아 노동운동에 동참하리라 다짐한다. '우리 같은 사람들이 전부 힘을 합쳐서 소리를 지르면' 변화될 것이라고 믿으면서.

짐 케이시 목사의 정신이 톰에게 계승되었다면 조드 부인의 정신은 로저샨에게 전해졌다. 로저샨은 엄마 조드 부인이 보여 주는 가족에 대한 헌신과 이타적인 행동을 통해 조금씩 변한다. 소설 마지막에서 변화가 정점을 맞는다. 홍수로 인해 보금자리마저 무너졌을 때, 조드 가족은 버려진 화차에 잠시 피신한다. 그곳에서 만난 어린 아이와 늙은 남자. 며칠째 굶은 노인은 거의 죽어 가고 있다. 그때 조드 부인은 로저샨에게 의미 있는 눈짓을 보내고 로저샨은 결심한다. 굶주린 남자에게 '드셔야 해요.'라며 자신의 젖을 물린 것이다.

늘 자신만 알던 로저샨이 타인에 대한 관심과 실천으로 확대되는 장면이다. 비록 꿈이 꺾였지만 그들이 걸어가는 길이 어둡고 비참하지만은 않다. 스스로 등불이 되어서 길을 비추고 있어서다. 로저샨이 물린 젖은 생명의 젖으로 가족의 경계를 허문다. 타자에 대한 민감성으로 반응했던 조드 부인의 모습과 겹친다. 여기서 레비나스의 말을 빌리면, 노인의 '얼굴은 말을 하고' 그 얼굴에 나타나는 필요를 조드 부인과 로저샨은 읽었다. '먹을 것을 달라고, 쉴 곳이 필요하다고 호소'하던 얼굴을. 타인의 호소하는 얼굴에 반응하는 것, '타자에 대한 환대'다. 다시 말해, 마지막 장면은 그동안 조드 부인이 보여 준 타인을 향한 환대가 로저샨에게도 이어질 것임을 암시한다. 어느 순간부터 로저샨의 마음속에는 조드 부인이 보여 준 환대의 씨앗이 자라고 있었는지 모른다. 짧은 순간에 결단할 수 있을 만큼.

삶이 그들을 환대하지 않을 때 그들은 서로를 환대했다. 내 가족에서 공동체로 가족의 의미를 확장시켰다. 희망이라고 믿었던 땅이 그들을 문전박대할 때 서로를 끌어안았다. 사람 때문에 희망이 좌절되었지만 희망을 다시 일으켜 세우는 것도 사람이라는 사실을 케이시 목사와 조드 부인은 눈부시게 보여 준다. 그들의 모습은 다음 세대로 이어진다. '지극한 사랑과 환대를 받아 본 사람이 남에게 사랑과 환대를 베푸는 것은 자연스러운 일'이듯이 사랑과 환대는 소중한 물건처럼 누군가에게서 물려받고 물려주는 보물이 된다. 희망이라고 부를 수 있을까? 불가항력적인 힘에 삶이 무너졌지만 인간은 무너지지 않는다. 지금 이곳에서 가능한 일을 묵묵히 한다. 어쩌면 삶의 중요한 일은 도착이 아니라 도착을 향한 여정에 있는 것일까. 꿈꾸던 삶은 산산이 부서졌지만 폐허 위에서 '그럼에도 불구하고' 그들은 살아간다. 삶은 계속되어야 하므로.

아름답고 쓸모없는 독서

3.
슬픔에는 마침표가 없다

슬픔에는 마침표가 없다

『애도 일기』(롤랑 바르트)

『말테의 수기』에서 릴케는 '시는 체험이다.'라고 말한다. 시가 체험이라면, 체험한 만큼 시를 이해할 수 있다. 비단 시뿐만이 아니다. 독서나 단어도 체험이다. 건강하던 지인이 갑자기 세상을 떠났을 때, 그의 어머니가 슬픔에 잠겨 있을 때, 나는 '애도'라는 단어를 체험했다. 체험 이후 '애도'라는 단어의 무게는 이전과 전혀 달랐다.

어머니는 매년 추도식에서 아들의 시신을 화장할 때 입던 검정 옷을 그대로 입었다. 그녀의 모습은 빠르게 늙어 가는데 슬픔은 나이를 먹지 않고 그 시간에 멈춰 있었다. 슬픈 모습을 더 이상 보고 싶지 않았다. 이제 그만 슬퍼하고 일상으로 돌아오라는 말은 나의 이기심에서 비롯된 말이라는 것을 알고 있었다. 그래서 결국 침묵하지만 침묵으로는 그녀의 슬픔에 닿을 수 없었다. 엉거주춤 서 있는 무력함에서 벗어나기 위해 슬픔을 알아야 했다. 나의 애도 공부는 그렇게 시작되었다. 슬픔의 정체를 알아야 애도를 이해할 수 있을 것 같았다.

국어사전은 애도를 '사람의 죽음을 슬퍼함'이라고 정의하지만 프로이트는 애도의 범위를 사람이 아닌 나라, 자유, 이상 등 추상적인 것까지 확대한다. 프로이트에게 성공적인 애도란 '사랑하는 대상이 이젠 더 이상 존재하지 않는다는 사실을 인정하고 점차적으로 상실의 충격으로부터 벗어나'는 것이다. 반면에 우울증은 '상실한 대상과 자신을 무의식적 나르시즘적으로 동일시함으로써 대상 상실이 자아 상실로 전환'되는 것이다. 즉 자아 상실이 우울증으로 연결된다. 실패한 애도가 곧 우울증인 셈이다. 프로이트가 만약 10년 넘도록 슬픔에 잠겨 있는 어머니를 본다면 우울증이라고 진단할 것이다. 상실한 대상에 투사되었던 에너지를 거두어들이고 다른 대상으로 전이하라고 처방할 것이다. 즉 애도를 끝내고 일상으로 돌아가라는 주문과 다름없다.

반면 데리다는 '애도에 완성이나 종결은 없는 것이며 애도는 실패해야, 그것도 잘 실패해야 성공한 것'이라고 말한다.

　　　　　　　아름답고 쓸모없는 독서

다시 말하면 애도가 실패해서 우울증으로 나타나는 것이 아니라 실패함으로써 애도가 완성된다. 애도의 마침표를 서둘러 찍지 않고 마침표를 쉽게 찍지 않으려 하는 것이 애도의 본질이라는 의미다. (『애도예찬』, 왕은철, 현대문학, 2012) 데리다가 볼 때 어머니의 오랜 슬픔은 우울증이 아니라 우울증을 동반한 충실한 애도정신이다. 애도의 실패가 아니라 애도가 성공하기 위한 실패다.

어머니의 슬픔이 정신적 질병(우울증)인지 아닌지(애도)의 문제가 보는 관점에 따라 달라진다는 건 그만큼 사랑하는 대상을 잃고 슬픔을 정의하는 일이 쉽지 않음을 보여 준다. 갑작스러운 상실과 이별은 일상에 균열을 만들고 마음에 상처를 남긴다. 삶이 만남과 이별의 연속이라면 삶을 반영한 문학이 상실을 이야기하는 건 자연스럽다. '애도의 관점에서 보면, 문학은 풍요로운 창고'이며 프로이트 역시 '예술창조의 조건은 삶의 파탄'이라고 말한다. 즉, 뭔가 억울하게 당했다는 느낌 없이 예술을 창조할 수는 없다는 의미다. 어쩌면 문학의 역할은 삶의 질서가 무너진 순간을 이야기하고 그로부터 마음의 균열을 이야기로 복원하는 일이 아닐까. '모든 슬픔은, 말로 옮겨 이야기로 만들거나 그에 관해 이야기한다면 참을 수 있다.'는 아이작 디네센의 말을 떠올리면 더욱 그렇다. 어지럽게 흐트러져 있던 슬픔을 언어(이야기)로 옮겨 놓는 일은 '무질서에 질서를 부여하는 작업'이기 때문이다.

롤랑 바르트는 어머니를 잃은 슬픔을 일기로 남겼다. 바로 『애도 일기』(걷는나무, 2018)다. 일기는 어머니가 돌아가신 다음 날인 1977년 10월 26일부터 시작해 2년 뒤인 1979년 9월 15일에 끝난다. 바르트는 애도의 한도에 대해 18개월이라고 썼지만 『애도 일기』를 마치는 데 2년여가 걸렸다. 그역시도 애도라는 작업은 '너무 급하게 끝나서는 안 된다.'고 생각했다. 바르트는 매일 짧은 메모와 단상으로 일기를 쓰면서 슬퍼하는 자신의 마음을 관찰했다. 슬픔이 깊어서 글쓰기에 매달릴 수 없으면서도 계속 쓰다 보니 '우울에게마저도 생명을 불어넣는 글쓰기'에 이르렀다. 바르트에게 글쓰기는 슬픔의 바다에서 헤엄쳐 나오는 것 이상의 의미였다. 애도의 글쓰기는 세상을 떠난 마망(엄마)을 위한 마음의 기념비를 만드는 일이었다.

사랑하는 대상이 사라지고 나면 마음에 구멍이 남는다. 프로이트는 구멍을 다른 대상으로 대체하는 것이 애도라고 하지만 바르트에게 구멍은 어느 누구로도 대체될 수 없다. 구멍은 곧 '사랑의 관계가 찢어지고 끊어진 바로 그 지점'이다. 바르트는 구멍에 기념비를 세우고 마망을 끝없이 그리워하며

아름답고 쓸모없는 독서

슬퍼한다. 그러한 그리움만이 마망을 향한 사랑을 표현하는 유일한 방법 아니었을까. 데리다의 말을 빌리면, 바르트의 애도는 마침표를 쉽게 찍지 않는 그리움과 사랑의 여정이다.

한동안 다녔던 시 수업에서 자작시를 쓰고 낭독하며 합평을 했다. 시 수업에서 만난 분 중에 돌아가신 어머니에 관해 시를 쓰시는 분이 계셨다. 시 속에는 늘 어머니에 대한 그리움과 추억이 잔잔히 배어 있었다. 시가 다른 이야기에서 시작해도 언제나 어머니에 대한 추억으로 귀결되었다. 하루는 시를 읽으시면서 목이 메셨는지 떨리는 음성으로 낭독했다. 모두의 마음을 울렸던 순간이었다. "어머니에 대한 시가 참 좋아요." 나는 수업이 끝나고 그분께 다가가 말을 건넸다. "이제 좀 다른 것도 써야 되는데 아직도 쓸 이야기가 많아요." 하며 쑥스럽게 웃으셨다. 쓸쓸하고도 아름다운 미소였다. 그분은 매주 어머니에 대한 시를 쓰며 떠난 어머니를 애도한 게 아니었을까. 쓰지 않으면 견딜 수 없어서. 딸과 엄마의 이야기는 시가 되었다. 롤랑 바르트의 글이 '애도 일기'라면 시 수업에서 만난 그분의 시는 '애도 시'다.

아들을 잃은 어머니가 보낸 깜깜한 계절을 생각한다. 사계절 내내 겨울 안에서 보냈을 그녀의 손을 한 번 더 잡아 주지 못했던 나의 손을 본다. 내가 잡지 못한 건 그녀의 손뿐이 아니었다. 나의 친구, 이웃들의 크고 작은 상실은 아무런 예고 없이 찾아왔다. 그 앞에서 나는 침묵했다. 섣부른 말이 그들을 찌르는 바늘이 될까 봐 나는 어정쩡하게 서 있었다. 한편으로 나의 상실이기도 했다. 이전과 같지 않은 그들을 만나는 일은 그들이 잃어버린 삶을 경험하는 일이므로. 상실을 경험한 사람들이 등장하는 문학을 '상실의 문학'이라고 명명한다면, 나는 문학을 읽으며 나와 그들의 상실을 애도하고 기억한다. 나의 읽기와 쓰기는 애도에서 비롯되며 잃어버린 대상을 향한 끊임없는 그리움의 표현이자 사랑이다. 데리다의 말처럼 '위로할 길이 없어 슬픔에 마침표를 찍으려 하지 않는 것이 진정한 애도의 윤리'일 것이다.

아픔의 개별성

『빨강 머리 앤』(루시 모드 몽고메리)

　　고아원에서 자란 앤에게 처음으로 소속감을 안겨 준 곳은 마릴라와 매슈가 사는 그린 게이블, 초록 지붕 집이었다. 씨앗이 싹을 틔우기 위해 알맞은 토양이 필요하듯 초록 지붕 집은 앤이 갖고 있는 모든 가능성을 꽃피울 수 있는 공간이었다. 마릴라가 뜨겁게 내리쬐는 태양일 때 매슈는 그늘이 되어 앤의 필요를 채웠다. 매슈는 앤에게 그만의 방식으로 사랑을 전했다. 조용하고 수줍게. 하지만 한결같이.

　　앤은 퀸스 아카데미에서 교사 자격증을 땄고 대학 장학금을 받았다. 한 가지도 제대로 이루기 어려운 일을 동시에 해냈기에 앤을 아는 모든 사람들이 축하해 주었다. 꽃봉오리가 활짝 만개한 순간이었다. 앤은 자신을 돌봐 준 마릴라와 매슈에게 기쁜 소식을 전하게 되어 행복했다. 공부를 마치고 오랜만에 돌아간 초록 지붕 집. 화려한 성취를 손에 쥐고 돌아온 앤과 다르게 마릴라와 매슈는 눈에 띄게 기운이 없어 보였다. 마릴라는 눈이 침침해지고 극심한 두통을 겪었으며 매슈는 부쩍 흰머리가 늘었다. 앤은 하루도 쉬지 않고 일하느라 등이 굽은 매슈 아저씨에게 슬픈 목소리로 말한다.

앤: 만일 매슈가 처음에 부탁한 대로 남자아이였다면 지금쯤 여러모로 도와 편하게 해드릴 수 있을 거예요. 그 생각을 하면 내가 남자아이였다면 얼마나 좋을까 싶어요.

매슈: 나는 말이다, 앤, 열두 명의 남자아이보다 너 하나가 더 좋단다. 알겠니? 열두 명의 남자아이보다도 말이다. 에이브리 장학금을 탄 것은 남자아이가 아니었잖니? 여자아이지. 바로 내 딸이었어. 나의 자랑스러운 딸이었단다.

그날 밤 나눈 매슈와의 대화가 마지막이 되리라고 앤은 결코 알지 못했다. 매슈가 묵묵히 소처럼 일해서 번 돈이 차곡차곡 쌓여 있는 은행이 파산했다. 매슈는 기절하고 그렇게 세상을 갑자기 떠난다.

　매슈 아저씨가 세상을 떠난 날 밤 친구 다이애나는 걱정스러운 마음에 "나도 오늘밤 여기서 잘까?", 하고 앤에게 말을 건넨다. "고마워. 다이애나. 하지만 매슈 아저씨가 세상을 떠났다는 걸 납득할 시간이 필요해. 혼자 있고 싶어. 이해해 주겠니?" 앤은 다이애나가 슬픔의 바깥에 있다고 생각한다. 자신이 느끼는 슬픔 안으로 다이애나가 들어올 수 없고 슬픔을 공유할 수 없어서 다이애나를 돌려보낸다.

　　이건 다이애나의 슬픔이 아니에요. 그 애는 외부인이고,
　　제 마음 깊은 곳을 달래 줄 수 없어요. 이건 우리의 슬픔,
　　아주머니와 저의 슬픔이에요.

　열여섯 살 앤은 슬픔의 구역을 명확히 구분한다. 앤과 마릴라만의 슬픔으로. 몸이 아프거나 마음이 아플 때 유난히 외롭다고 느끼는 건 슬픔을 공유할 수 없기 때문이다. 나의 슬픔은 너의 슬픔이 될 수 없다. 타인의 위로는 단단한 유리벽에 부딪혀 마음에 닿지 않는다. 슬픔이 개별적이라는 슬픔의 운명은 슬프다.

　10여 년 전 친하게 지내던 지인이 중환자실에 입원한 지

며칠 만에 세상을 떠났다. 그의 나이 35세. 'A형 간염으로 사망할 확률, 만분의 일'이라는 모호성 없는 확률만이 그의 죽음을 설명할 수 있었다. 만 명 중에 한 명꼴로 일어난다는 건, 가능성이 희박하다는 뜻이 아니었다. 여차하면 일어날 가능성 있는 일이었다. 그는 죽기 한 달 전, 마라톤 대회에서 완주를 할 만큼 건강했다. 갑작스러운 중환자실 입원 소식에 친구들과 함께 병문안을 갔다. 그는 '다 나아서 만나고 싶다.'며 면회를 거절했다. 그의 어머니가 대신 전한 말이었다. 어머니의 목소리는 떨리고 있었다.

그를 만나지 못하고 돌아오는 길, 문득 허기를 느꼈다. 저녁 6시 무렵이었을 것이다. 나뿐만 아니라 친구들 모두 급하게 오느라 배가 고팠다. 나는 중환자실에서 아파하고 있는 친구를 두고 '목구멍으로 음식을 넘길 수 있겠는가' 생각했다. 생사를 알 수 없는 아들을 홀로 지키고 있는 어머니의 모습이 아른거렸다. 하지만 나의 몸은 어느새 이미 국밥집에 도착해 있었다. 숟가락을 들며 나의 눈치 없는 배고픔을 원망했다. 어떻게 이런 순간에 배가 고플 수 있는지, 그리고 그 허기를 기어코 채워야 하는 인간의 생리적 욕구가 순간 역겨워졌다. 타인을 향한 진심 어린 아픔이 어떻게든 채워져야 하는 허기로 인해 순식간에 허구처럼 느껴졌다.

아름답고 쓸모없는 독서

그 후 몇 년이 지난 어느 여름날, 둘째 아이가 걷지 못할 정도로 다리를 아파했다. 전에 한 번도 보지 못했던 붉은 반점들이 종아리에서 시작해 사타구니까지 퍼져 있었다. 아이는 비틀거렸고 아이를 옆으로 누인 채 응급실로 달려갔다. 응급실의 환자는 피를 철철 흘리지 않는 한, 동일하게 아픔이 책정되므로 나의 다급함은 오로지 나만의 것이었다. 아이는 아프다며 식은땀을 흘리며 울었지만 내가 할 수 있는 일은 아이를 달래면서 기다리는 일이 전부였다. 응급실에서 내 앞을 오가는 파란 수술복과 하얀 가운은 단지 무의미한 배경에 불과했다.

아이의 이름이 호명되었고 아이를 침대에 눕혔다. 붉은 반점이 만들어 낸 고통의 근원지를 알기 위해 소아과, 비뇨기과, 외과에서 온 의사들이 차례대로 아이를 검진했다. 환자의 아픔은 그들이 처리해야 할 하나의 업무에 지나지 않았으므로 아이의 울음은 업무를 방해하는 소음이었다. 검진한 내용은 공유되지 않았고 같은 검진과 설명을 반복해야 했다. 아이의 바지를 벗기고 그들의 차가운 손가락으로 가장 민감한 부위를 여러 차례 만졌다. 다리에 퍼진 붉은 반점보다 살 오른 전복처럼 부어 있는 페니스가 더 문제였다. 그들이 만질 때마다 아이는 목청을 보이며 비명을 질렀고 나는 입술을 깨물며 눈을 감았다.

나는 울고 있는 아이의 아픔에 건너갈 수가 없었다. 아이와 나를 이어 주던 탯줄이 끊어지는 순간 우리 사이에는 촌수가 생겨났고 그렇게 우리는 개별적인 존재가 되었다. 아이의 아픔에 동참할 수가 없었다. 아이가 겪는 고통과 내 마음에서 일어나는 아픔 사이의 거리는 아득했다.

다행히 아이는 일주일 입원 후 퇴원했다. 지금 건강히 잘 자라고 있는 아이를 보면 그날 일이 거짓말처럼 느껴지지만 타인의 아픔에 도달할 수 없다는 슬픔을 내 몸에 문신처럼 새긴 순간이었다.

아픔이 개별적일 수밖에 없는 이유는 나는 네가 아니기 때문이다. 사랑하는 사람의 아픔을 똑같은 크기로 감당하지 못해서 미안하고 슬픔을 느낀다. 타인의 정신적 육체적 아픔을 이해하려는 시도를 '슬픈 공부'라고 부른다면 그 공부는 슬프고 실패하더라도 계속 되어야 한다. '내가 당신을 생각하고 아끼고 있다.'는 다른 표현이므로. (『슬픔을 공부하는 슬픔』, 신형철, 한겨레출판, 2018)

아들을 잃은 어머니의 아픔을 결코 다 이해할 수 없겠지만 시도하지 않는다면 그를 향했던 진심을 증명할 길이 없다. 상실 이전으로 돌아갈 수 없는 삶은 어떤 모습인가 또는 어떤 모습이어야 하는가. 상실의 자리에 추상적인 것을 대입하면 범위는 좀 더 넓어진다. 한때 혼신을 다했던 꿈, 이념, 가치관, 돌이켜 보면 끊임없이 무언가를 잃거나 누군가를 떠나보냈다. 그렇게 삶은 상실을 반복하는 일인지도 모른다.

상실이 보편적 경험이고 문학이 삶을 반영하는 것이라면, 문학이 상실을 이야기하는 것은 자연스럽다. 상실은 슬픈 일이기에 문학은 슬픔에서 태어난다. 문학을 읽는다는 것은 슬픔을 공부하는 일이다. 김애란의 소설 「입동」(『바깥은여름』, 문학동네, 2017)에서 52개월 아들을 잃은, 엄마 미진의 모습을 읽으며 친구의 어머니를 떠올렸다. 좋은 사람을 잃었다는 나의 슬픔과 아들을 잃은 그녀가 가진 슬픔의 무게는 달랐다. 한 사람의 죽음은 그 사람과 관계 맺었던 만큼의 상실의 구멍을 만들어 내는 게 아닐까. 나와 그녀는 같은 사람을 잃었지만, 우리가 경험하는 구멍의 크기는 달랐다. 아픔은 개별적이기에 우리는 서로 다른 아픔의 크기를 경험했다.

나의 구멍은 시간이 쌓이면서 서서히 덮여 흔적만이 겨우 남았고 그녀의 구멍은 여전히 그대로인 것처럼 보였다. 매년 해가 갈수록 나는 서서히 답답해졌다. 미진에게 '꽃매'로 채찍질하는 동네 사람들처럼, 나는 그녀를 향해 상실의 구멍에서 이제 그만 나올 때가 되지 않았냐고 무언의 눈빛을 보냈는지도 모른다. 그동안 그녀는 '다른 사람들은 몰라.' 하고 미진이 흐느꼈던 것처럼 울고 있지 않았을까. 타인의 슬픔에 등을 돌리는 동네 사람들을 나는 손가락질할 수 없었다. 거기에 내 모습이 있었기에. 당신의 상실에 대해서 아무것도 할 수 없다는 무력감 때문이었다고, 그 슬픔에 닿을 수 없는 슬픔 때문이었다고 애써 변명해 볼 뿐이다.

상실 이전으로 돌아갈 수 없는 삶을 이해하기 위해, 타인의 고통과 슬픔에 다가가기 위해 문학을 읽는다. 그리고 무엇보다 그들이 느끼는 어둠을 확대시키는 사람이 아니라 축소하는 데 보탬이 되는 사람이 되기 위해. 나의 독서는 아픔의 개별성을 이해하는 과정이자 타인의 아픔에 닿지 못하는 슬픔을 향한 위로이기도 했다. 생을 살아가는 한 아픔의 개별성을 끊임없이 경험하게 될 것이다. 나는 네가 아니고 네가 될 수 없으므로. 나의 아픔을 누군가 알아주기를, 나 또한 타인의 아픔에 민감하기를 바라며. 그렇게 서로의 아픔에 닿으려는 노력을 포기하지 않길 바라며. 나는 오늘도 읽는다.

아름답고 쓸모없는 독서

고통은 잴 수 없는 것

「고독은 잴 수 없는 것」(에밀리 디킨스)

에밀리 디킨스의 시 「고독은 잴 수 없는 것」을 '고통은 잴 수 없는 것'으로 잘못 기억하고 있었다. 그런데 시의 첫 연에 나오는 '고독'을 '고통'으로 바꿔 읽어도 크게 이상하지 않을 것 같다.

고통은 잴 수 없는 것-
그 크기는
그 파멸의 무덤에 들어가서 재는 대로
추측할 뿐

고독의 가장 무서운 경종은

스스로 보고는-

스스로 앞에서 멸하지나 않을까 하는 것-

다만 자세히 들여다보는 동안-

공포는 결코 보이지 않은 채-

어둠에 싸여 있다-

끊어진 의식으로-

하여 굳게 잠가진 존재-

이야말로 내가 두려워하는-고독-

영혼의 창조자

고독의 동굴, 고독의 회랑은

밝고도-캄캄하다

고통과 고독은 '재는 대로 추측할 뿐' 계량화할 수 없다는 점에서 닮았다. 어쩌면 이런 문장도 가능할 것 같다. 모든 고통은 고독하다.

고통을 수치화하는 곳이 있다. 병원에서 환자는 이런 질문을 받는다. 당신의 고통은 1부터 10까지 중 어디에 속하십니까. 이럴 때 나는 고통을 과장하고 싶다. 선택할 수 있는 가장 높은 숫자를 선택하면서 나의 고통을 알아 달라고 외치고 싶다. 간호사로 일했던 친구는 임산부에게 무통주사를 놓기 전 얼마나 아프냐고 물었다고 한다. 숫자에 따라 주사를 놓을지 말지를 결정하는 것이다. 고통스럽다고 외치는 임산부를 보면서 속으로 '뭘 그렇게 엄살을 부리나' 싶어 마지못해 놓아 주었다고 한다. 그런데 본인이 임산부가 되고 보니 고통의 최대치를 가리키는 10은 터무니없는 숫자라고 100까지는 되어야 한다고 느꼈다고 한다. 친구는 그동안 인색했던 자신을 반성했다.

고통의 자리에 앉아 보기 전까지는 타인의 고통을 알기가 힘들다. 타인의 고통에 대한 공감능력은 타고나지 않고 길러지기 때문이다. 타인의 고통을 이해하는 노력, 그 노력이 늘 완벽한 이해에 닿지는 않을 것이다. 하지만 노력한다는 진심이 고통을 줄여 주지 못하더라도 고통의 고독은 줄여 줄 수 있지 않을까. 타인의 고통에 닿으려는 진심으로 만든 영화가 있다. 영화 〈생일〉은 2014년 4월 16일 아들을 잃은 가족이 겪는, 그날 이후를 보여 준다. 관객에게 '그날'에 대한 정보는 많지만 '그날 이후'를 살아가는 유가족에 대한 정보는 많지 않다. 뉴스를 통해서 비춰지는 유가족의 모습이 아니라 일상을 살아가는 모습은 세월호를 둘러싼 너무 많은 목소리에 가려져 있다. 감독은 그 이전으로 돌아갈 수 없는 상실을 겪은 사람들의 삶에 주목한다. 그들의 시간은 2014년 4월 16일에 멈춰있는데 계절은 반복되고 일상은 흘러간다. 멈춰 있음과 흘러감 사이에서 간신히 유지하며 살아가는 힘겨움에 대하여 영화는 말한다. '그날 이후'를 살아가야 하는 사람은 어떤 표정으로 어떻게 삶을 버티고 있는가.

감독은 '남겨진 사람들'이 겪는 시간을 있는 그대로 옮기고 싶었다고 한다. 다큐멘터리가 '허구가 아닌 현실을 직접적으로 다루면서 현실의 허구적인 해석 대신 현실 그대로를 전달하려는 영화'라면 영화 〈생일〉은 다큐멘터리에 가깝다. (영화 〈생일〉은 감독의 데뷔작이지만 그전에 다큐멘터리 〈친구들: 숨어있는 슬픔〉을 만든 이력이 있다.) 영화는 감독의 목소리를 배제하고 온전히 '남겨진 사람들'이 겪는 고통의 풍경을 전한다. 고통의 빛깔은 제각각이며 아픔은 개별적이다. 고통에 가까운 슬픔, 무력한 슬픔, 천진한 슬픔. 같은 사건이 만들어 낸 고통의 무늬는 다르며 개별적으로 고통을 통과한다. 혹은 통과하지 못하거나 통과하기를 거부한다.

아들 수호를 잃은 엄마 순남(전도연)은 아들의 방을 그대로 두며 고장 난 차를 그대로 타고 다닌다. 변화를 거부하고 아들의 부재를 받아들이지 않는다. 세상을 떠난 아들의 새 옷은 사지만 지금 곁에 살아 있는 어린 딸의 옷은 사지 않는다.

수호는 순남의 아들이자 남자친구였다. 돈을 벌기 위해 외국에 머물고 있는 남편의 부재를 채워 주는 든든한 존재였다. 순남이 잃은 건 한 사람이 아니라 두 사람이었다. 온 동네가 떠나갈 듯, 가녀린 몸 안에 있는 모든 장기들이 타들어 갈 듯한 울음소리는 순남이 겪는 고통을 있는 그대로 반영한다.

통곡하는 아내 순남을 달래 주기 위해 남편 정일(설경구)은 물을 가져온다. 숨넘어갈 듯 우는 순남을 진정시키기 위해서였지만 그 물은 바닥으로 내동댕이쳐진다. 순남의 거부는 '너는 나의 고통을 모른다.'가 아니었을까. 순남의 눈물을 잠잠하게 하는 건 옆집 이웃의 포옹이었다. 모든 고통을 껴안는 포옹. 모든 고통의 순간을 지켜보며 슬픔의 자리에 있었던 가까운 이웃이기에 순남은 어린아이처럼 이웃의 품에 안긴다. 반면에 정일은 사건이 일어나던 '그날' 부재했으며 그후 2년 동안 순남과 딸의 곁에 없었다. 가족과 떨어져 지낸 물리적 거리만큼 마음의 거리가 생겼다. 정일은 슬프지만 슬픔의 실체를 몰랐고 고통스럽지만 고통의 실체를 알지 못했다. 고통의 시간에 동참하지 못했기 때문에 순남으로부터 거부당했다. 정일에게 순남의 고통은 타인의 고통이었다.

타인의 고통에 다가가는 것은 고통의 실체를 명확히 인식하는 데서 비롯된다고 수전 손택은 말했다. '막연한 연민을 거두고 고통의 실체를 명확히 인식하는 것'이 타인의 고통에 공감하기 위한 시작이자 과제이다. 오랜 부재로 아들의 성장을 지켜보지 못한 아빠는 아들과 이렇다 할 추억이 없음을 깨닫는다. 아들이 영원히 돌아올 수 없는 곳으로 가버린 다음에야 아들을 이해하려는 노력을 시작한다. 수호의 책상에 있는 빈 여권을 통해 수호가 자신을 얼마나 간절히 보고 싶어 했는지 깨닫는다. 아무 도장이 찍히지 않은 여백뿐인 여권은 아들이 채우지 못한 미래였다. 정일은 수호를 대신해 미래를 채워 주고자 한다. 살아 있었다면 여권을 들고 비행기를 타고 자신을 보러 왔을 수호를 위해 그는 공항으로 향한다. 아들을 대신해 출국 도장을 찍는 건 아들과 이루지 못한 재회를 실현하기 위한 몸부림이었다. 도장 하나를 받기 위한 아빠 정일의 간절한 노력은 곧 돌아오는 수호의 생일을 위한 선물이 아니었을까.

수호의 생일을 위해 친구들, 이웃 그리고 수호의 가족이 모인다. 생일모임은 떠난 수호를 기억하며 각자 마음속에 간직하고 있던 수호를 꺼내는 자리였다. 수호의 절친은 지난 7년을 함께했던 친구의 상실을 어떻게 감당해야 할지 몰랐노라고 그래서 수호의 엄마 순남을 피했노라고 미안함을 전한다. 수호가 도와준 덕분에 살게 된 여학생은 그동안 참고 있던 고통의 둑이 무너지듯, 큰 소리로 흐느낀다. 그 흐느낌 안에는 자신만 살았다는 죄의식과 자신을 살리고 물속으로 사라진 수호에 대한 미안함이 담겨 있었다. 각자의 개별적인 고통을 나눌 때 비로소 그 고통은 우리에게 벗어나 새로운 의미를 입는다. 순남의 고통은 더 이상 혼자만의 것이 아니며 친구들과 이웃의 고통은 더 이상 그들만의 것이 아니다. 서로의 고통을 들여다보며 고통을 통과한 시간을 가늠한다. 각자의 내면에 있던 고통이 고독을 뚫고 한 자리에 모이는 순간이었다. 고통은 더 이상 고독하지 않다.

영화 〈생일〉의 의미는 고통의 고독을 내버려두지 않고 고통에 다가간다는 데 있다. '남겨진 사람들'의 고통과 슬픔을 알리기 위한 간절함이 영화를 만들었다. 쉽지 않은 선택이었을 것이다. 감독, 배우, 영화를 만드는 모든 사람들에게. 평판이나 인기보다는 어떤 사명감이 그들을 움직이지 않았을까. 영화의 목적이자 메시지가 생일 장면에 집약되어 있다. 마지막 30분간 롱테이크로 연출되는 생일 장면은 마치 실제 장면처럼 느껴진다. 영화에 등장하는 모든 배우가 한자리에 모여 세상을 떠난 수호를 기억하는 장면은 보는 사람까지 한자리에 있다는 느낌을 갖게 한다. 이렇게 말할 수도 있을까. 영화 〈생일〉은 애초에 관객을 염두에 두고 자리를 마련해 두었다고. 생일 초대장은 곧 아픔의 자리에 동참해 달라는 의미였다고. 그렇게 〈생일〉은 관객을 통해 온전히 완성된다.

2014년 4월 16일 배가 가라앉는 장면을 무참한 심정으로 무력하게 지켜보았던 사람들을 '고통의 공동체'라고 부를 수 있다면 생일은 그 고통을 공유하는 사람들을 위한 자리다. '그날' 이후 '세월'이라는 단어에서 '흘러가는 시간'이 아니라 '그날의 사건'을 자동반사적으로 떠올리는 것이 '고통의 공동체'의 모습일 것이다. '그날'을 기억하는 사람들에게 2014년 4월 16일은 그 이전과 다른 날이다. 그러므로 '그날'은 이전의 봄으로 돌아갈 수 없는 우리의 상실이기도 하다.

타인의 고통에 대한 감수성과 민감함으로 만들어진 영화, 〈생일〉. 영화 〈생일〉은 타인의 아픔에 공감하려는 시도이며 노력이다. '타인을 이해할 수 없다는 걸 알면서도 거기에 닿을 수 없다는 걸 알면서도, 이해하려고, 가 닿으려고 노력할 때, 그때 우리의 노력은 우리의 영혼에 새로운 문장을 쓰기 시작할 것이다.' (『소설가의 일』, 김연수, 문학동네, 2014) 타인의 고통을 이해하려는 노력이 우리의 영혼에 새로운 문장을 쓰는 걸 넘어 타인의 영혼에도 새로운 문장을 쓸 수 있지 않을까. 그랬으면 좋겠다. 나는 네가 아니고 네가 될 수 없으므로, 우리의 고통이 끝내 개별적이라서 완전히 닿는 데 실패하더라도 나는 닿으려는 노력을 포기하고 싶지 않다. 타인의 고통에 대한 감수성이 사회에 팽배한 냉소와 냉담에 대한 해독제가 되리라 믿기 때문이다. 영화 〈생일〉은 그 가능성을 보여준다.

돌아가야 할 과거가 있습니까

『나는 발굴지에 있었다』(허수경), 『사실들』(필립 로스)

나에게 어떤 작가들은 죽음으로써 존재를 드러낸다. 언젠가 읽어야지 하고 마음에 담아 둔 작가들이 너무 많아서 한 명을 선택해 읽어야 할 때 어떤 동기가 필요하다. 어쩌면 누군가에게 존재감을 알리는 가장 확실한 방법은 사라지는 게 아닐까. '든 사람은 몰라도 난 사람은 안다.'는 속담이 있는 것처럼, 곁에 있을 때는 모르다가 사라지고 나서 빈자리를 더듬어 보며 존재를 확인한다. 한 사람의 부재와 공백이야말로 그 사람에 대해 생각하는 결정적인 계기가 아닐까. 2018년 겨울, 나는 같은 해에 떠난 허수경 시인과 소설가 필립 로스를 떠올리며 책을 읽었다.

독자는 책이라는 유산을 읽으며 떠나간 작가를 기억한다.

아름답고 쓸모없는 독서

허수경 시인이 말했듯, '기억을 기록한 자취가 이 지상에 남아 있는 한, 누구도 이 지상에서 사라지지 않으므로'. (『나는 발굴지에 있었다』, 난다, 2018) 그들의 삶은 영원한 과거가 아니라 영원한 현재가 된다. 책이 존재를 증명하는 증거물이라면 독자는 증거물을 토대로 최대한 작가의 삶과 작품세계를 이해하며 가까이 다가간다. 먼 타지에서 폐허 도시를 누비며 무덤을 열고 오래된 죽음을 현재로 불러낸 시인의 일도 비슷하지 않았을까. 허수경 시인은 무덤에 남아 있는 물건을 증거물 삼아 2000년 전에 살았던 고대인의 일상을 더듬어 본다. 해가 뜨겁게 내리쬐고 입이 바싹 타들어 가는 더위 속에서 무덤의 크기와 해골과 뼈를 자로 재어 기록을 하고 스케치를 하고 기원전 3000년경에 쓰인 행정문서를 해독한다. '고대근동고고학'이라는 이름 아래 시인은 과거의 시간 속으로 들어간다. 신석기 유적 터에서 발굴된 벽화에 있는 들소와 작은 사슴들과 사냥꾼을 보며 묻는다. 표정 없는 사냥꾼이여 당신은 무슨 생각을 하고 있는가. 힌트를 주지 않는 벽화에 새겨진 오래전 과거를 '살아가는 생각의 습관대로 해석하는 것은 허당을 짚는 것과 같다.'는 생각을 한다. '같은 시대를 살아가는 우리들이 서로를 이해하는 일도 쉬운 일이 아닌데' 어떻게 고대인을 이해하고 그들의 마음을 발굴할 수 있겠냐며 회의한다. 현재 일어나는 긴박한 소식을 들으면 아득한 과거를 헤매는 시간에 대해 더욱 의문이 들었다. 오래된 과거는 현재에 무슨 의미를 줄 수 있는가. 시인은 물었다.

『사실들』(문학동네, 2018)에서 필립 로스 역시 과거라는 무덤을 열고 들어간다. 무엇을 위해서 과거를 발굴하려 하는가. '내가 하는 일을 왜 하는 건지, 내가 살고 있는 곳에서 왜 사는 건지, 함께 살고 있는 사람과 왜 살고 있는 건지' 현재의 질문에 답하기 위해서다. 잃어버린 길을 찾기 위해 원점으로 돌아가듯이, 잃어버린 물건을 찾기 위해 가방을 완전히 비워내듯이, 근원으로 돌아간다. 나 자신을 찾기 위해. 어쩌면 허수경 시인이 먼 타지에서 고대도시 바빌론과 오래된 언어 수메르어를 배우는 과정도 결국 현재의 자신을 이해하기 위함이 아니었을까. 그녀와 전혀 상관없어 보이는 아득한 과거속에서 '과거를 발굴해서 어제의 사실을 좀 더 명확하게 밝히는 일이 우리의 실존과 어떤 연관이 있는지' 끊임없이 물어야 했으므로. 실존에 대한 계속된 질문만이 시인의 자리를 떠나 독일로 건너간 자신의 행보를 설명할 수 있었기에. '말의 공포'에서 벗어나기 위해 독일로 떠났지만 오히려 모국어에 대한 감각을 잃어버릴까 봐 두려워했고 손에서 모래알처럼 빠져나가는 모국어를 간절히 붙잡았다. 시인의 긴 여행은 '집으로 돌아가려는 여행'이었다.

필립 로스가 발굴해야 하는 과거는 그의 삶과 작품세계를 설명해 주는 퍼즐의 한 조각이었다. 그 한 조각을 밝히기까지 오랜 시간이 걸렸다. 자신조차 이해하기 힘든 선택을 이해하고 자신의 언어로 설명하기 위해 필요한 시간이었다. 어떤 과거는 그저 마주하는 것만으로도 용기를 필요로 하니까. 필립 로스가 묻어 둔 과거의 기억 중 가장 어두운 곳에 있던 첫 아내 조시에 대한 이야기를 『사실들』에서 꺼낸다. 과거의 무덤에서 가장 꺼내기 어렵지만 현재의 필립 로스를 설명해 주는 가장 중요한 단서였다. 자수성가한 아버지와 살림의 달인 어머니 밑에서 유대인 교육을 받고 자란 로스가 그녀를 왜 선택했는지. 아이러니하게도 조시는 로스에게 무덤 같은 존재였지만 로스가 소설가로서 성장하는 강력한 원동력이 된다. 그녀가 없었다면 『포트노이의 불평』이나 『남자로서의 나의 삶』을 쓸 수 있었을까? '그녀는 나의 최악의 적이었으나, 아아, 가장 위대한 창작 선생, 극단적 소설의 미학에 있어서의 탁월한 전문가이기도 했다.'(164쪽) 최악의 적이 가장 위대한 창작 선생이었다는 사실. 내가 가장 미워하는 존재가 내가 가장 좋아하는 일을 할 수 있는 원동력이 된다는 아이러니를 로스는 삶을 통해 보여 준다. 창작의 아이러니. 그것이 로스가 과거의 무덤을 열고 발견한 '사실들'이었다.

필립 로스의 '사실들'은 기억에 의존한다. 과거의 기억은 현재를 이해하기 위해 불려 나오면서 과거의 무덤은 더 이상 닫힌 무덤이 아닌 열린 무덤이 아닐까. 필립 로스는 아버지의 삶과 죽음을 기록함으로써 아버지의 삶을 영원한 과거가 아닌 영원한 현재로 보존한다. '어떤 것도 잊지 말아야 한다. 아버지한테는 사람이 기억으로 이루어지지 않으면 속이 텅 비어 있는 거야.'(146쪽) 로스의 아버지처럼 로스 역시 '어떤 것도 잊지 말아야 한다.'고 여러 번 다짐한다. 아버지가 없는 세상에서도 아버지를 재창조할 수 있도록. 『아버지의 유산』(문학동네, 2017)은 뇌종양에 걸려 쇠락해 가는 아버지의 삶을 지켜보는 아들이 쓴 기억의 산물이다. 아들은 아버지의 삶을 어떻게 기억하는가. 아버지는 '노예와도 같은 에너지와 불굴의 야심' 덕분에 유대인 이민자 거리에서 고등학교 졸업장도 없이 메트로폴리탄 보험회사 지점장까지 올라갈 수 있었다. '평생 일상에 뿌리를 내리고 산 완강한 남자'였다. 아버지는 평생 삶과 싸웠듯 죽음과도 싸웠다. 아들은 전통적 방식대로 아버지가 관에 들어갈 때 수의를 입혔지만 수의를 입고 무덤에서 잠든 아버지는 꿈에 나와 아들을 꾸짖는다. "나에게 양복을 입혔어야지!" 아버지가 꿈에서 한 유일한 말이었다. 아버지에게 죽음까지도 '일'이었고 아버지는 '일꾼'이었다. 일상에 단단히 뿌리박힌 근면의 삶. 아버지의 유산이었다.

소설가 필립 로스와 허수경 시인은 나에게 과거의 의미를 묻는다. 돌아가야 할 과거가 있는지. 현재를 설명하기 위해 혹은 현재의 빈틈을 메우기 위해 발굴해야 할 과거가 있는지 묻는다. 아무렇게나 묻어 둔 과거는 언젠가 낯선 화살이 되어 나를 찌를지 모른다고 말하는 것 같다. 어디에도 쉽게 털어놓지 못하는 속내와 심정은 자연스레 글로 옮겨 갔다. 필립 로스처럼 '어떤 것도 잊지 말아야 한다.'는 비장한 각오는 아닐지라도 기억하기 위해 쓴다. 오늘의 글이 내일의 나를 설명해 줄 것이라는 믿음으로. 무엇인가를 끊임없이 쓰려는 나, 잊히지 않는 기억이 되기 위한 몸부림인지도 모른다. 소설가 필립 로스와 허수경 시인의 기억이 내 앞에 있다. 그들이 세상을 떠나자 나는 비로소 그들의 삶 속으로 걸어 들어갔다. 나는 한 사람이 떠나간 자리에 앉아 봐야 비로소 그 사람이 나에게 어떤 의미였는지 알게 되는 사람이기에. 그들은 이제 영원한 공백을 남겼지만 독자는 그들이 남긴 글을 읽으며 그 공백을 지워 갈 것이다. 그들의 삶에 빛을 드리운다. 빛을 따라서 오랫동안 존재했지만 새로운 사실들을 알아 간다. 그리고 기억한다. 그들의 유산을. 그 시차를 '먼 처음'이

라고 불러도 좋지 않을까. 그렇게 소설가 필립 로스와 허수
경 시인은 나에게 '잊힌 빛을 몰고 먼 처음처럼' 왔다.

살아남은 이야기

『이것이 인간인가』 (프리모 레비)

사회적 트라우마의 치유를 모색하는 책, 『천사들은 우리 옆집에 산다』(정혜신, 진은영, 창비, 2015)에서 스트레스와 트라우마의 차이를 읽은 적이 있다. '스트레스가 아픈 만큼 성숙해진다면, 트라우마는 아픈 만큼 파괴된다.' 연속된 시간이 하나의 사건으로 인해 단절되고 달력에 경계선이 그어지는 것처럼 이전으로 돌아갈 수 없는 사건이 트라우마다. 아우슈비츠 수용소에서 살아남은 생존자들에게 강제 수용소 체험은 트라우마로 남았다. 프리모 레비(1919~1987)도 그중 한 사람이었다. 레비는 토리노 대학을 최우등으로 졸업한 화학자였지만 파시즘에 저항하는 지하운동에 참여하다 체포당해 아우슈비츠로 이송된다. 강제 수용소 체험은 그로 하여금 전혀 다른 삶을 살게 했다. 아우슈비츠 생존자로서 증언을 담은 『이것이 인간인가』(돌베개, 2007)를 발표하며 그는 작가가 된다.

'우리 이야기를 다른 사람들에게 들려주고 다른 사람들을 거기에 참여시키고자 하는 욕구'로 글을 썼다고 레비는 말한다. 그의 고백대로 글쓰기는 '먼저 내적 해방을 위해서 쓰인 것'이었다. 그러므로 그는 시대의 증언자가 되기 이전에 먼저 자기 자신의 증언자가 되었다. '이야기가 최고의 치료제'라고 말하는 레비에게 내적 해방이란 고통스러운 기억에서 자유로워지는 과정이었다.

> 따스한 집에서/안락한 삶을 누리는 당신,/집으로 돌아오면/따뜻한 음식과 다정한 얼굴을 만나는 당신,/생각해보라 이것이 인간인지./진흙탕 속에서 고되게 노동하며/평화를 알지 못하고/빵 반쪽을 위해 싸우고/예, 아니오라는 말 한마디 때문에 죽어가는 이가./ (…)

제목이 된 『이것이 인간인가』는 그가 쓴 시에서 나왔다. '이것이 인간인가'는 뜨겁고 비통한 질문이라기보다 대답을 요구하지 않은 탄식 섞인 한탄에 가깝다. 도무지 인간이 저지른 일이라고 믿을 수 없을 때, 도저히 인간의 삶이라고 할

아름답고 쓸모없는 독서

수 없을 때, '이것이 인간인가' 내뱉게 된다. 아우슈비츠 수용소의 잔인성은 신체적 고통을 통해 인간의 정신을 말살하는 데 있었다. 조직적인 인간대학살은(홀로코스트) 인간 역사상 유례가 없는 사건이자 범죄였다. 그러므로 '이것이 인간인가'라는 슬픈 탄식은 유례없는 절대악을 저지르는 인간과 비참하게 죽어 간 인간에게 동시에 향한다.

아우슈비츠 입구에 있는 '노동이 자유케 하리라'는 문구는 레비를 꿈속에서조차 괴롭혔다. 그 말은 너무나 잔인한 역설이었기 때문이다. 노동은 수감자들을 자유케 하는 것이 아니라 구속하고 파괴시켰다. 잔인한 모욕이나 심한 구타 이전에 그들에게 속한 모든 것을 박탈했다. 옷, 신발, 머리카락은 물론 이름마저 빼앗았다. 레비의 왼팔에는 '174517'이라는 번호가 새겨졌다. 그의 새로운 '이름'이었다.

수용소에서 '왜'라는 질문은 허용되지 않았다. '절대 질문을 하지 말아야 한다는 것, 항상 이해한 척해야' 했다. 배고픔을 비롯한 기본적 욕구가 해결되지 않고 생각할 여력도 남아 있지 않아서 생각하지 않는 것이 생활하는 데 더 도움이 되었다. 영혼이 없는 기계에게 왜 일을 하느냐고 묻지 않는 것처럼 수감자들은 서로 질문하지 않았다. 이해할 수 없는 일이 벌어지고 있기 때문에 이해가 불가능했다. 질문할 자유, 생각할 자유가 없었다. 수용소에서는 모든 일이 예측할 수 없는 방식으로 벌어지기 때문에, 생각이라는 것은 쓸모없었다. 프리모 레비가 수용소에서 얻은 지혜는 이해하려고 애쓰지 않는 것, 미래를 상상하지 않는 것이었다. 내일에 대한 확신 없이 주어진 일을 하는 것. 그들이 생존하는 방식이었다.

독일의 아우슈비츠 수용소는 전례 없는 완전히 새로운 형태였다. 목적이 차이를 만들었다. '한 인종과 문화를 이 지구상에서 완전히 제거해 버리겠다는 현대적이고도 무시무시한 목표가 자리 잡고 있었다. 대략 1941년부터 그 수용소는 거대한 죽음의 장치가 되어 버렸다. 가스실과 화장터는 수백만 명에 이르는 인간의 삶과 육체를 파괴하기 위해 의도적으로 계획되었다.'(286쪽)

홀로코스트는 유례가 없는 방식의 대학살이었기에 새로운 설명이 필요했다. 수많은 연구서가 그것을 증명하고 있지 않은가. 정치 철학자 한나 아렌트 역시 홀로코스트를 '절대악'이라고 부르며 이해할 수 없는 것을 이해하고자 했다. 그 불가능한 이해를 해보려는 시도가 『전체주의의 기원』(한길사, 2017)이다. 아렌트는 프리모 레비처럼 강제수용소를 경험하지 않았지만(아렌트는 프랑스 귀르 수용소에서 탈출했다.) 유대인이라는 이유로 망명자가 되고 난민이 되었다. 때문에 강제 수

아름답고 쓸모없는 독서

용소에 대한 분석은 가능하나 수용소에서 벌어지는 참상에 대해서는 추상적일 수밖에 없었다. 아렌트는 강제 수용소 생존자가 남긴 수많은 보고서를 검토하며 그 간극을 메꾸고자 했다. 『이것이 인간인가』와 같은 해 출간된 다비드 루세의 보고서가 가장 탁월하다며 주요 자료로 인용하지만 프리모 레비의 책을 읽었다면 혹시 생각이 달라졌을까. 레비의 책은 1947년 출간되었을 당시 주목받지 못했고 1958년에 재판되면서부터 독일을 비롯해 전 세계에서 번역되었다. 『전체주의의 기원』이 1950년에 나왔으니 아렌트는 레비의 『이것이 인간인가』를 읽을 수 없었다.

레비는 '독일의 광적인 반유대주의를 이해할 수 없다.'면서도 파시즘과 나치즘을 동일하게 보고 있다. 어쩌면 다른 점을 알면서도 구분할 용어를 찾지 못했는지도 모르겠다. 아렌트는 파시즘과 나치즘은 다르고 독재자 무솔리니와 히틀러는 다르다고 선을 그으며 나치즘을 유례없던 전체주의라고 부른다.

> 양심이 부적절해지는 조건, 선을 행하는 것이 전적으로 불가능한 조건을 만듦으로써 전체주의 정권의 범죄에 모든 사람이 의식적으로 조직적인 가담하게 되고, 이 공

모 관계는 희생자에게까지 확대되며 그렇게 하여 진정한 의미의 전체주의적이 된다.

(『전체주의의 기원』, 241쪽)

　나치의 선전 목표는 전 독일 국민을 동조자로 조직하기다. 레비가 느꼈던 딜레마는 처형당하는 사람을 무력하게 보아야 했다는 사실, 내가 살기 위해서는 다른 사람의 빵을 빼앗는 절도가 불가피했다는 점이다. 죽음의 수용소에서 살아 돌아온 레비는 '어떤 의미에서 타인이 있는 곳을 빼앗아'서 살아남은 것이었다.

　『이것이 인간인가』가 전 세계적으로 주목을 받게 되면서 사람들은 레비에게 왜 탈출이나 반란을 하지 않았느냐고 물었다. 아렌트 역시 '꼭두각시 인형들처럼 죽음을 향해 걸어가는 인간들의 행렬보다 더 무서운 것은 없다.'고 언급하며 조직적 반란이 없었음을 지적했다. 레비의 증언을 보면 그러한 반란을 조직하는 것은 거의 불가능에 가까웠음을 알 수 있다. 유럽 전역에서 온 수감자들은 각기 다른 언어를 사용했으므로 서로 의사소통하기가 어려웠다. 무엇보다 너무 굶주려서 기운이 없었다. '독일인들은 집단적인 죽음의 작업을 완수하기 위해 악마적일 정도로 빈틈없이' 행동했기 때문에 수용소에 도착한 사람들은 앞으로 어떤 일이 일어날지 전혀 예상할 수 없었다. 어쩌면 프리모 레비가 살아남았다는 것 자체, 그의 의지를 끝까지 지켰다는 것이 지옥과 같은 수용소에서 개인이 할 수 있는 최대치의 반란이 아니었을까.

인간성이 말살된 곳에서 인간으로 버틸 수 있는 방법은 무엇일까. 굴복당하지 않는 힘은 무엇일까. 인간 이하로 추락하고 동물로 격하시키는 장치 앞에서 어떻게 인간임을 지킬 수 있을까. '우리가 노예일지라도, 아무런 권리가 없을지라도, 갖은 수모를 겪고 죽을 것이 확실할지라도, 우리에게 한 가지 능력만은 남아 있다. 마지막 남은 것이기 때문에 온 힘을 다해 지켜내야 한다. 그 능력이란 바로 그들에게 동의하지 않는 것이다.'(58쪽) 저항하는 것이야말로 동물화에서 벗어날 수 있는 방법이라고 레비는 말한다.

더러운 세면대의 흙탕물로 몸을 씻는 것은 청결에 아무 소용없었지만 씻는다는 행위 자체가 중요했다. 씻는다는 것은 아직 생명력이 남아 있다는 증거였다. 수용소에서 청결을 유지하는 일은 힘이 든다. 씻을 이유보다 씻지 않을 이유를 찾기가 더 쉽다. 배고픔이 일상화된 곳에서 '씻는 일은 노동이고 에너지와 칼로리 낭비'이기 때문이다. 씻다가 오히려 수명이 줄어들지 모른다. 하지만 수용소에서 전혀 쓸데없어 보이는 청결을 유지하는 행위가 그들을 인간답게 지켜 주는 행위였다.

무엇보다 『이것이 인간인가』 자체가 인간을 동물화하는 시스템에 대한 저항의 기록이 아닐까. 그가 이야기를 해야 할 필요성을 참을 수 없을 만큼 강렬히 느끼고 추위와 전쟁 속에서, 감시의 눈초리를 피해 글 쓰는 모습은 조지 오웰의 『1984』에 등장하는 윈스턴 스미스를 떠올리게 한다. 윈스턴 역시 '빅브라더'가 감시하는 걸 알면서도 죽을 각오를 하고 일기를 썼기 때문이다. 프리모 레비 역시 '목숨이 위태로운 순간이 오면 그가 쓴 메모들을 당장 버려야 한다.'는 것을 알면서도 썼다.

나는 앞에서 '트라우마는 파괴적'이라고 썼지만 아우슈비츠 수용소가 레비를 완전히 파괴하지는 않았던 것 같다. 그는 '짧았지만 비극적이었던 포로 생활의 경험이 길고 복잡한 증언 작가로서의 경험과 합산되어, 그 결과는 분명 긍정적'이라고 평가하고 있기 때문이다. 그렇다면 그는 짧았지만 비극적이었던 포로 생활로부터 어떻게 자신을 지킬 수 있었을까. '목격하고 참아 낸 일들을 정확하게 이야기해야 한다는 의지', '수인들을 정신적 조난자로 만들었던 굴욕과 부도덕에서 나를 지키겠다는 의지를 고집스럽게 지켜 낸' 덕분이었다.

나를 지키겠다는 의지는 다시 말해서 '나는 인간'임을 잊지 않겠다는 의지다. 아렌트는 인간이라는 사실을 자각하는 것이 자유의 시작이라고 말한다. 개성이 파괴되면 자발성이 파괴되고 스스로 새로운 일, 어떤 것을 시작할 수 있는 힘이 파괴된다. 모두가 파블로프의 개들처럼 행동하는 인형들이 아닌 '한 인간'으로 존재할 때 전체주의 시스템으로부터 개인을 보호할 수 있다. 인간의 존엄이 무너진 상황에서 레비를 구원해 준 것은 '나는 인간이다.'라는 인식이었다.

그렇게 레비는 파괴된 인간이 아우슈비츠 이후에도 살아갈 수 있다는 것을 보여 주는 희망이었다. 화학자와 작가의 삶을 동시에 살며 아우슈비츠를 40년에 걸쳐 증언했다. 그러나 동시에 인간은 어쩌면 증언에 귀를 기울여서 과거의 잘못으로부터 교훈을 얻는 존재가 아닐지도 모른다는 불안이 그를 엄습했다. 레비는 '사건은 일어났고 따라서 또다시 일어날 수 있다.'고 말하며 증언의 중요성을 강조하지만 동일한 무게로 받아들여지지 않는다는 사실을 절감했던 것일까. 그는 1987년 4월 11일 자살로 삶을 마감했다. 레비의 마지막 인터뷰를 담은 『프리모 레비의 말』이 네 번째 만남을 앞두고 갑자기 중단되었다. 그가 만든 증언 기록에 대한 역사가 하나의 궁금증이자 구멍으로 남았다. 그가 남긴 구멍, 잃어버린 퍼

즐을 완성하는 길은 그가 죽음을 통해 증언한 기억의 중요성
을 절감하고 그의 이야기를 기억하는 일일 것이다.

아름답고 쓸모없는 독서

악의 시시함

『예루살렘의 아이히만』(한나 아렌트)

  이스라엘 수색대가 나치 전범 아돌프 아이히만을 아르헨
티나에서 생포했을 때, 세계적인 관심이 쏠렸다. 그의 재판
이 독일이나 국제 재판소가 아닌 예루살렘에서 진행된다는
소식이 전해지자, 한나 아렌트는 『뉴요커』 편집장에게 특파
원 자격으로 참관하겠다는 의사를 밝혔다. 예정된 일정을 모
두 조정해야 했다. 그만큼 중요하고 의미 있는 일이었다. 보
고서는 『뉴요커』에 1963년 2월부터 다섯 차례로 나뉘어 기사
로 게재되었고 당시 글의 제목은 「전반적인 보고: 예루살렘
의 아이히만」이었다. 여기에 후기를 덧붙여 만들어진 책이
『예루살렘의 아이히만』(한길사, 2006)이다.
  『예루살렘의 아이히만』은 사회 역사적 맥락을 살피며 아이

히만 재판이 갖는 의미를 말한다. 재판의 목적을 묻고 재판이 적절했는지 밝힌다. 아이히만은 왜 다른 곳도 아닌 '예루살렘' 법정에 선 피고인이 되었는지, 어떤 죄목으로 섰는지, 아이히만이 재판장에서 어떤 말을 하고 행동을 했는지, 아렌트는 철저한 관찰자가 되어 분석한다. 독일계 유대인 여성이 아니라 한 명의 세계 시민으로서.

"이 재판을 참관하는 것은 제가 과거에 진 빚을 갚는 의무라고 생각합니다."

아렌트에게는 예루살렘을 방문하여 살아 있는 아이히만을 보는 것 이상의 의미가 있었다. 뉘른베르크 재판 취재를 놓쳤기 때문만은 아니었다. 아렌트가 나치 독일을 떠나 프랑스에서 활동을 하던 시기, 1940년에 구르 강제수용소에 수감된다. 그곳에서 삶의 '최저 상태'를 경험하지만 극적으로 수용소를 탈출하여 미국으로 건너간다. 이후, 구르 강제수용소에 있던 수감자들이 전부 학살당했다는 소식을 듣는다. 아렌트도 수용소에 남아 있었다면 똑같은 운명을 맞이했을 것이다. 아마도 아렌트에게 유대인 학살의 책임자 아이히만의 실체를 확인하고 알리는 것이 학살당했던 동료 수감자들에게 '과거에 진 빚'을 갚는 일이 아니었을까. 그것이 아렌트가 아이히만 재판을 참관해야 하는 사적인 이유였으리라.

아렌트를 포함하여 재판을 주목하는 모든 사람들은 아이히만이 괴물일 것이라고 생각했다. 600만 유대인을 학살 수용소로 보낸 아이히만은 한 인간이라기보다 괴물이어야 했다. 그렇다고 믿었고 그것이 사람들이 기대한 바였다. 하지만 법정에 선 아이히만은 너무나 평범한 모습이었다. 사람들은 경악했고 혼란에 빠졌다. '여섯 명의 정신과 의사들이 그를 정상으로 판정했고. 가운데 한 명은 적어도 그를 진찰한 후의 내 상태보다 더 정상이다, 라고 탄식했다. 그를 정기적으로 방문한 성직자는 아이히만이 매우 긍정적인 생각을 가진 사람이라고 발표했다.'(79쪽) 그리고 아이히만은 직장을 구할 때 유대인 친척에게 도움을 받은 경험이 있었기에 특별히 유대인에게 적대적이거나 적개심을 품지도 않았다. 즉 반유대주의자가 아니었다. 아렌트 역시 '나는 당황스러웠다.'고 고백하며 충격을 받았다.

악의 실체는 놀랍도록 시시했다. 대단한 악행을 저지른 사람이라서 대단한 악인이라고 생각했지만 그저 평범한 한 인간이었다. 평범한 사람의 위대한 행동은 감동을 주지만, 평범한 사람의 악한 행동은 절망을 준다. 신문의 사회면을 장식하는 잔인한 살인사건 범인의 실체가 밝혀질 때 종종 2차 충격을 받는 이유는 그들이 거리에서 쉽게 만날 수 있는 보통 사람이기 때문이다. 남편을 토막 살인한 30대 여성의 얼굴은 어딘가에서 본 듯한 친근한 인상이었으며 연쇄 살인 사건을 저지른 남자의 평판은 예의가 바르고 친절한 사람이었다. 하지만 아렌트가 말하는 '악의 평범성'은 그들의 평범한 인상이나 정상적인 외모에서 비롯되지 않는다. 악의 평범성은 순전한 무사유, 생각할 수 없는 능력에서 기인한다.

아렌트가 아이히만에게서 발견한 세 가지 무능성은 말하기의 무능성, 생각의 무능성, 타인의 입장에서 생각하기의 무능성이다. 무능성을 판단한 근거는 언어였다. '언어는 사유의 집'이라고 말한 아렌트는 아이히만의 입에서 나오는 상투적인 말에서 아이히만의 무사유를 발견했다. 아렌트의 눈에 비친 아이히만은 시종일관 인정받고 싶어 하는 허풍쟁이의 모습이었다. '예루살렘의 법정에서도 그는 조용하고 평범하게 감압정유회사의 외판원으로 생을 마감하는 것보다는 퇴역 상급대대 지휘관으로서 교수형에 처해지는 것을 택했을지도 모른다.'(88쪽) 아렌트는 허풍이 아이히만의 죄라고 지적하며 전 세계가 지켜보는 사형이 그에게 만족감을 주었을 것이라고 판단했다.

은둔생활을 하던 아이히만에게 재판은 '대중적 환영회'였으며 재판에 쏠린 세계적인 관심이 그를 '세기의 영웅'으로 만들었다. 다시 말해서 아이히만 재판은 '아이히만 쇼'였다. 이스라엘 수색대는 아이히만을 발견한 즉시 제거할 수 있었지만 생포해서 전 세계가 보는 재판장에 세웠다. 반유대주의를 심판대 위에 세우려는 이스라엘 총리의 목적이 있었을지 모르나 거기엔 한 사람이 있었을 뿐이었다. 마르틴 부버는 아이히만 재판을 '역사적 차원에서의 실수'라고 불렀다. 독일에 있는 많은 젊은이들이 느끼는 죄책감을 없애는 데 도움을 주기 때문이다. 실제로 아이히만은 죄책감을 느낀 독일인 청년을 만났다. 그 죄책감이 아이히만에게 하나의 점이 되어 마음속에 심어졌다. 아이히만은 더 이상 잠적할 권리가 없다고 느꼈다. 이스라엘 수색대에 체포당했을 때, 아이히만이 도망가지 않고 순순히 잡혔던 이유다. 아이히만은 자신이 그 독일인 청년이 갖고 있던 죄의식을 씻어 줄 대속적인 존재라고 생각했을까?

아이히만이 거짓말을 하는 건 아니지만 자신의 사고가 담겨 있는 말이 아니라 상투적인 언어를 쓰며 자기 자신에게 도취되는 모습을 보였다. 여기서 잠시 묻고 싶다. 인정받고 싶어 하는 마음 자체가 죄일까? 그럴 리 없다. 사유하지 않는 것이 죄일까? 아렌트에 따르면 무사유는 죄다. 나는 아렌트 말에서 움찔거리게 된다. 왜냐하면 나도 종종 사유하지 않기 때문이다. 식당에서 메뉴판을 뚫어져라 쳐다보며 사유하기가 피곤해서 종종 나는 되는 대로 시키곤 한다. 칫솔질을 할까 말까 사유하지 않는다. 밥을 먹을까 말까 사유하지 않는다. 사유에도 여러 겹이 있고 여러 범주가 있다. 사유가 필요한 범주가 있고 아닌 범주가 있다. 그리고 사유의 필요 여부를 결정하는 기준이 개인마다 다르다.

사유하지 못하는 것과 사유하지 않는 것은 다르다. 분명다르지만 '무사유'라고 함께 묶일 수 있으며 그 거리가 멀지 않다. 아이히만은 사유하지 못한 것이 아니라 사유하지 않았다. 유대인 학살 현장을 목격하고 처음으로 양심의 거리낌을 느끼지만 이내 더 이상 생각하지 않기로, 무사유하기로 결정한다.

> 그는 여전히 폭력을 통한 그러한 피투성이의 해결책에 대해 약간의 의구심을 갖고 있었는데, 이러한 의구심은 이제는 사라지게 되었다. 지금 이곳에서, 이 회담에서 가장 유망한 사람들이, 제3국의 교황들이 말씀하셨다. (…) 당시 나는 일종의 본디오 빌라도의 감정과 같은 것을 느꼈다. 나는 모든 죄로부터 자유롭게 느꼈기 때문이다.(184쪽)

아름답고 쓸모없는 독서

아렌트가 말하는 무사유는 '자기가 무엇을 하고 있는지 결코 깨닫지 못한 것'이다. 아이히만의 무사유를 보여 주는 결정적인 장면은 아이히만이 사형당하는 장면이다. '개인적으로 믿는 신이나 사후의 삶을 믿지 않는다고 언급했던 사람이 자신이 알고 존경했던 사람들을 사후에도 결코 잊지 않겠다고 유언을 한 건 완전히 모순되는 말이었다.' 이보다 더 희극적일 수 없었다. 예루살렘에서 배울 수 있는 교훈은 이것이다. 무사유가 인간 속에 존재하는 모든 악을 합친 것보다도 더 많은 대파멸을 가져올 수 있다는 사실.

아렌트가 말하는 악의 평범성은 한편으로 섬뜩하다. 그 섬뜩함은 내 안에 아이히만이 있을지도 모른다는 두려움 때문이다. 자신이 무엇을 하는지 깨닫기 위해서는 깨어 있어야 한다. 사유를 방해하는 요소들이 도처에 있다. 악의 실체가 시시하듯, 사유를 방해하는 요소도 시시한지도 모른다.

『예루살렘 아이히만』 이후 아렌트는 명성과 비난을 동시에 얻었다. '아렌트 자신이 유대인이면서도 유대인에 대한 사랑을 결여한 채 마치 유대인이 아닌 것처럼 보편적 관점에서 아이히만 재판을 다루었다는' 비난이었다. 2000년대에 이르기까지 아렌트의 저술이 단 한 권도 이스라엘에서 출간된 적이 없었을 정도로 아렌트는 유대인들에게 적으로 간주되었다.

아렌트는 유대인 사회를 향해 사랑이란 개인의 문제이지 집단의 문제가 아니라고 응수했다. 그러나 많은 유대인 친구들은 유대인에 대한 아렌트의 지적을 개인적으로 받아들였고 아렌트를 떠났다. 아렌트는 '버림받은 민족 내에서 버림받은 사람(파리아)'이 되었다. 자신을 국외자로 정체성을 찾았던 아렌트. 하이데거가 말한 대로 사유는 '외로운 작업'이었다. 누구보다 우정을 소중히 여겼지만 우정을 잃으면서까지 말하기를 포기하지 않은 아렌트에 대해 생각한다. 아렌트에게 말하기는 단순히 말하기 이상이었다. 말은 곧 사유였으며 말은 행위와 동의어였다.

당신들에서 우리들로

『페스트』(알베르 카뮈)

'소설은 허구를 통해 진실을 말하는 장르'라고 하지만 소설 속 허구가 더 이상 허구가 아닐 때 진실은 보다 강렬하게 다가온다. 알베르 카뮈가 1947년에 발표한 『페스트』(문학동네, 2015)가 신종 코로나바이러스 확산으로 큰 주목을 받았다. 책 판매가 급증해 코로나의 가장 큰 수혜자라는 말이 있을 정도였다. 알제리의 해안도시 오랑에서 페스트가 창궐해 사투를 벌이는 이야기는 코로나의 알레고리로 읽기에 부족함이 없었다. 물론 카뮈는 전혀 예상하지 못했을 것이다. 그의 '페스트'가 2020년 인류를 공포로 몰아넣은 바이러스의 은유가 되리라고는.

코로나 바이러스가 210여 개국에 퍼지며 75만 명 이상의 사망자(2020년 8월 기준)가 발생했다. 인공지능의 발달로 인간은 신의 자리까지 넘보는 '호모데우스'가 되었지만 치료제나 백신이 없는 바이러스에 속수무책으로 당했다. 여행을 계획하고 사업을 구상하고 미래를 그리는 일상이 재앙 속에서 낯선 일로 변했다. 재앙이 '곧 지나가 버릴 악몽'이 아니라 지속되는 악몽이 될 때 인간은 어떻게 오늘을 사는가. 불안과 두려움이 일상화된 생활을 어떻게 버틸까. 실존주의에서 흔히 하는 말을 빌리면 인간은 코로나라는 재난에 '내던져졌다.' 카뮈는 페스트라는 재난에 던져진 존재, 인간군상을 그리며 똑같은 질문을 던진다. 갑작스럽게 닥친 불행 앞에서 인간은 어떻게 희망을 가질 수 있는가.

소설의 배경이 되는 오랑은 인구 20만 명의 평범한 도시로, 알제리 해안에 있는 프랑스의 도청 소재지다. 어느 날 쥐한 마리가 피를 토하며 쓰러진다. 하루가 다르게 쥐의 시체가 급속도로 늘어나면서 사람들까지 감염된다. 처음에 단순한 우연으로 여겼던 사람들의 죽음이 페스트로 밝혀지자 시당국은 도시를 폐쇄하기에 이른다. 의사 베르나르 리외는 페스트의 최전선에서 싸우는 사람이다. 가장 먼저 페스트 환자를 발견하고 현장에서 사람들을 치료하며 고통스럽게 죽어가는 사람을 본다. 매일 반복되는 죽음, 너무나 많은 사망자

숫자는 어느새 그에게 추상으로 다가온다. 어쩌면 죽음을 추상적으로 여기는 편이 그를 죽음의 슬픔으로부터 보호하는 방법이었는지도 모른다. 일일이 감정으로 대처하기에 페스트 환자는 너무나 많았기 때문이다.

하지만 그가 목격한 어린아이의 죽음은 추상이 아니라 구체적인 실제였다. 리외는 아이의 고통스러운 죽음을 무척 괴로워하며 같이 지켜보던 파늘루 신부를 향해 외친다. "이 아이는 아무 죄가 없습니다. 이 세상에서 아이들이 고통받아야 한다면 그런 세상은 죽을 때까지 거부하겠습니다."(255쪽) 리외의 말에 파늘루 신부는 대답하지 못한다. 신부는 페스트가 몰고 온 재난을 인간의 오만함으로 인한 하나님의 벌로 해석했지만 어린아이의 죽음을 생생히 목격한 후 페스트가 하나님의 심판이라는 태도에서 한발 물러나게 된다. 그동안 그의 강론은 '페스트 때문에 겪게 되는 비참함과 고통'을 충분히 모른 채 행해졌다면 이제는 그 고통을 가까이 인식하고자 한다. 그가 '보건대원들 가운데서도 자신이 있어야 할 자리, 최전선'에 있으며 이제 사람들을 '여러분'이 아니라 '우리들'이라고 인식한다.

보건대는 타루가 만든 자발적 단체다. 타루는 국가 인력이 부족하다는 판단 아래 자발적으로 보건대를 조직한다. 어느 누구도 시키지 않은 일이었다. 만약 타루가 자신의 안전만을 우선으로 생각했다면 불가능했을 일이다. 의사 리외는 타루에게 묻는다. "이런 일에 관심을 갖는 이유가 뭐죠?" "모르겠어요. 도덕관 때문인지도 모르죠." 타루의 도덕관이란 '페스트는 모든 사람과 관련된 문제이니 각자 자기 의무를 다해야 한다.'는 것이었다. 타루에게 '나'의 문제는 곧 '우리'의 문제였으며 '우리'의 문제는 곧 '나'의 문제였다.

타루의 도덕관이 보통 사람보다 높은 건 분명하다. 그는 영웅이 아닌 성인을 지향한다. 신을 믿지 않지만 인생에 대해 초월한 태도를 갖는다. 성인 타루가 있다면 인간적인 기자 랑베르도 있다. 취재를 위해 다른 도시에서 오랑시로 온 랑베르는 페스트로 도시가 폐쇄된 후 탈출하기 위해 온갖 수단을 동원한다. 사랑하는 아내가 기다리고 있기 때문이다. 그는 타루의 보건대를 '영웅주의'라고 깎아내리며 사랑하는 사람을 위한 죽음이 더 가치 있다고 믿는다. 랑베르에게 '사랑하는 사람과 이별, 사랑하는 사람과 같이 지내고 싶은 것이야말로 추상이 아닌 행복이요 구체적인 삶'이었기 때문이다.

하지만 랑베르는 어린아이의 죽음을 목격한 후 생각이 바뀐다. 타인의 고통이라는 추상을 나의 고통으로 실감하자 랑베르는 '혼자서 행복한 것은 부끄러운 일'이라 고백하며 탈출

아름답고 쓸모없는 독서

을 포기하고 오랑에 남아 페스트와 싸우기로 한다. 비로소 그는 부끄럽지 않을 수 있었다. "나는 이 도시에서 이방인이니까 여러분과는 아무 상관이 없다고 생각해 왔어요. 그러나 나도 이곳 사람이라는 것을 깨달았어요. 이 사건은 우리 모두와 관련되어 있으니까요."(244쪽)

끝이 보이지 않던 페스트가 종식된다. 각자 위치에 따라 페스트를 경험하는 온도 차가 달랐듯이 페스트가 종식되고 경험하는 기쁨의 정도도 제각기 달랐다. 랑베르는 아내를 다시 만나는 기쁨을 누렸지만 기대했던 기쁨은 아니었다. 페스트가 갑자기 종식되었다는 사실이 실감나지 않아서였다. 그들은 무엇을 얻고 무엇을 잃었는가. 리외는 친구 타루와 아내를 잃었다. 페스트가 물러나도 평화가 찾아오지 않는 이유였다. 어쩌면 리외에게는 타루와 아내가 살아 있었던 페스트 시대가 더 나았는지도 모른다. '리외는 이것이야말로 결정적인 패배, 전쟁은 끝내지만 평화 자체를 치유할 수 없는 고통으로 만들어 버리는 패배라는 것을 절실히 느꼈다.'(338쪽) 그럼에도 불구하고 리외는 무엇을 얻었는가. 페스트를 겪으며 리외는 타루와의 우정을 경험했고 페스트에 대한 추억을 가졌다.

타루가 리외에게 남긴 말 중 하나는 이것이다. "나는 우리가 모두 페스트 속에 놓여 있다는 것을 깨달았고 그것 때문에 계속 부끄러웠어요. 사람은 저마다 자신 속에 페스트를 지니고 있다는 거예요."(295쪽) 타루의 말대로, 사람은 저마다 페스트를 지니고 산다면 내 안에 페스트는 무엇일까. 나만 생각하는 나의 이기심이 실존을 위협한다. 서로 다른 나가 우리로 연대할 때 실존적 존재에 대한 위협으로부터 벗어날 수 있다고 『페스트』는 말한다.

인간을 페스트에서 구원해 주는 것은 연대다. 서로 다른 '나'가 '우리'로 연대하는 힘은 어디서 나올까. 타루와 같이 자원 보건대를 조직할 만큼 높은 도덕관일까, 의사 리외의 성실성일까. 랑베르의 행복에 대한 구체적인 실감일까. 랑베르가 아이의 죽음을 목격하고 오랑시를 탈출하는 대신 남겠다고 한 이유는 그가 비로소 '이 사건은 우리 모두와 관련되어' 있다는 깨달음 때문이었다. 나와 상관없는 일이 아니라 나로 인해 무언가가 바뀔 수 있다는 자각이 그를 변화시켰다. 타루의 보건대 조직은 리외의 생각을 변화시켰고 리외가 아내와 떨어져 있음에도 묵묵히 성실하게 자리를 지키는 모습은 랑베르의 선택에 영향을 주었다.

폐쇄된 공간에서 한 사람의 행동은 다른 사람에게 민감한 반응을 일으킨다. 코로나 바이러스 감염자가 되면 공개적으로 감시받는다. 한 사람의 감염자로 건물이 폐쇄된다. 사람 사는 사회가 촘촘한 그물망으로 연결되어 있다는 새삼스러운 깨달음, 더 나아가 나라와 나라 사이 역시 이어져 있다는 인식이 연대의 필요성을 절감하게 한다.

코로나 시대에 읽은 『페스트』는 추상성에 대한 구체적 실감이었다. 『페스트』가 보여 주는 재난상황은 팬데믹 시대가 아니었다면 타인과의 연대의 중요성이 그저 추상적인 이해로 그쳤을 것이다. 『페스트』에 등장하는 인물들의 불안은 곧 오늘 여기의 불안이었으며 죽음에 대한 공포는 추상이 아니라 실제였다. 페스트가 코로나 시대를 위한 지침서이자 예언으로 읽힌 이유가 거기에 있다. 『페스트』에 반응하는 다양한 인물군상을 통해 오늘날의 시대를 거울처럼 비추며 코로나를 통해 얻은 것과 잃은 것을 가늠하는 좌표로 기능한다. 파늘루 신부가 모든 경험은 교훈이 된다고 말했듯, 코로나 시대는 우리에게 어떤 교훈을 남길까. 의사 리외가 페스트를 증언했듯 코로나를 증언하는 일, 각자의 자리에서 경험한 코로나를 증언하는 일은 또 다른 형태의 연대일지도 모른다.

용서의 가능성

『나는 가해자의 엄마입니다』(수 클리볼드)

선뜻 손에 들기 망설여지는 책이 있다. 애써 외면하고 싶은 사실들을 정면으로 마주하고 싶지 않아서다. 세상에는 읽을 책이 넘쳐나는데 굳이 왜 불편한 책을 읽는가. 하지만 밀어내고 싶은 사실 속에 정말 중요한 진실이 있는지도 모른다. 『나는 가해자의 엄마입니다』(반비, 2016)를 쓴 수 클리볼드는 콜럼바인 고등학교에서 벌어진 총기 난사 사건을 일으킨 가해자의 엄마다. 평범한 엄마에서 살인자의 엄마로 정체성이 바뀌고 난 후, 결코 이전으로 돌아갈 수 없는 삶을 산다.

1999년 4월 20일 미국 콜로라도 주 리틀턴 콜럼바인 고등학교에서 벌어진 총기 난사 사건으로 15명의 사망자와 24명의 부상자가 발생했다. 유가족을 비롯해 사건 충격으로 트라

아름답고 쓸모없는 독서

우마를 겪게 된 선생과 학생들을 헤아리면 피해자는 수백 명으로 늘어난다. 10여 분 동안 일어난 총기 사건의 전말을 파악하는 데 10여 년이 걸렸다.

'도대체 왜 이런 일이 일어났는가.' 수 클리볼드는 묻고 또 물었다. 콜럼바인 사건은 학교 건물 폭파를 위한 폭발물이 있었다는 점에서 계획적인 범행이었다. 범행을 저지른 애릭 해리스와 딜런 클리볼드는 고등학교 졸업을 앞둔 학생들이었다. 사건 발생 전 여느 학생들처럼 프롬(고등학교 졸업 파티)에 참석했다. 그리고 사흘 후 역사상 최악의 총기 난사 사건으로 기록되는 참사를 일으켰다.

딜런과 애릭은 미국의 중산층 백인 가정에서 자랐다. 애릭의 아버지가 해군 장교출신이라는 것만 알려져 있다. 반면 딜런의 가족은 미국의 평범한 가정이 그러하듯, 야구에 열광하고 스포츠를 즐기며, 엄마 수는 장애아들을 도우며 봉사하는 일에 기쁨을 느끼는 여성이었다. '좋은 딸이자 친구이자 아내이자 엄마가 되려고 최선을 다한다면, 행복한 삶으로 보상을 받으리라 진정으로 믿었다.' 누구나 가질 수 있는 상식적인 신념이었다. 평범한 믿음을 가진 가정에서 자란 아이가 끔찍한 일을 계획하고 저지른 사건은 올바른 가정교육이 올바른 아이를 만든다는 기존의 통념을 무너뜨렸다.

'어디서부터 잘못되었을까. 내가 무엇을 놓쳤을까.' 수는
답을 찾기 위해 딜런이 태어난 순간부터 자신의 인생 전체를
뒤집어 보듯 과거를 복기한다. 기억 속에 있는 딜런은 조용하
고 수줍으며 잘 웃는 사랑스러운 아이였다. 학교 다닐 때 몇
번의 사고가 있었으나 10대 남자아이들이라면 할 수 있는 그
저 '고약한 불장난'으로 여겼다. 하지만 사건이 벌어진 후 딜
런이 남긴 일기장을 보면서 수는 딜런의 새로운 면을 알고 경
악한다. 오랫동안 심각한 우울증을 겪으며 자살기도를 하고
있던 아들의 모습을. 에릭과 함께 범행동기를 찍은 '지하실의
테이프'에는 아들이라고 믿을 수 없는 미쳐 날뛰는 악마가 있
었다. '금빛 머리의 천사와 화면 안의 그 남자, 살인자를 어떻
게 합칠 수 있겠는가?', '수줍음이 많고 친절하다고들 묘사하
는 아이가 어떻게 사악한 살인자로 변할 수 있을까.'(264쪽).

『나는 가해자의 엄마입니다』는 이해할 수 없는 일을 이해
하기 위한 기록이다. 논리적으로 설명되지 않는 사건을 논리
적으로 이해해 보고자, 언어로 담기지 않는 비극을 언어로 담
아 보고자 쓴 슬픔의 기록이다. 어떻게 아이가 하는 일을 그
토록 몰랐느냐는 비난 속에서 쓴 처절한 참회의 기록이기도
하다. 그녀는 아들의 우울증에 무지했음을 자책, 반성하며
굴욕, 수치심, 슬픔, 고통을 느끼며 썼다. 가장 잘 안다고 믿

었던 아들에 대한 무지를 스스로 용서할 수 없었다. 아들을 잃은 엄마였지만 슬퍼할 수 없었다. 아들의 죽음보다 아들이 저지른 살인으로 희생된 사람들을 먼저 애도해야 했다.

수는 가해자의 엄마인 동시에 아들을 잃은 피해자였다. 그녀의 애도는 외로웠다. 딜런과 에릭은 사건 현장에서 스스로 목숨을 끊었기 때문에 살인자에 대한 분노와 비난은 고스란히 부모의 몫이었다. 희생자들을 위해 세워진 십자가 열다섯 개 중 두 개는 희생자 부모에 의해 뽑혀 버렸다. 살인자에 대한 애도와 용서는 가당치 않다는 이유였다. 공개적으로 슬퍼할 수 없는 죽음 앞에서 그녀는 절망했지만 끝내 주저앉지 않았다. 이 책이 그 증거의 기록이다. '나는 늘 내가 훌륭한 시민이고 좋은 엄마라고 생각했었다. 그런데 역사상 최악의 엄마로 조리돌림당하고 있었다.'(176쪽)

그녀는 자살-살인자의 엄마라는 낙인을 안고 살아간다. 사건 이후의 삶이 어떻게 가능한가. 사는 것보다 죽는 것이 더 편하리라 생각할 만큼 지옥 같은 나날이 이어지지만 그녀는 사건을 이해하는 과정에서 얻은 배움을 나누고자 한다. 그것이 도덕적 의무라는 믿음에서다. '내가 배운 것을 통해 우리 아들이 저지른 것과 같은 비극뿐 아니라 다른 아이들의 감춰진 고통까지 막기 위해 무엇이 필요한지를 폭넓게 조망할 수

있으리라고 생각한다.'(24쪽)

독자는 가해자 역시 보통 사람과 별반 다르지 않은 평범한
사람이었다는 사실을 알고 나면 불편해진다. 가해자와 피해
자의 거리가 그리 멀지 않음을 확인하고 나면 증오와 비판은
방향을 잃는다. 수는 딜런의 정상성이라는 가면에 속았음을
고백한다. 딜런이 진짜 감정을 감쪽같이 속이고 아무렇지 않
은 생활에 모두 경악했듯, 정상성은 아무것도 말해 주지 못한
다. 정상으로 보여도 사실은 정상이 아닐 수 있음을, 상상의
범위를 넘어서는 끔찍한 일은 모두에게 일어날 수 있다는 사
실이 수가 말하고자 하는 불편한 진실이다. 그녀 역시 그러
한 비극은 나에게 일어나지 않는다고 믿었던 한 사람이다.

누구나 분노를 느끼고 우울을 겪지만 살인과 같은 극단적
폭력으로 이어지지 않는다. 조사 결과 에릭과 딜런은 서로
에게 필요한 연료가 되었다. 에릭은 분노했고 딜런은 우울
했다. '딜런이 우울이나 뇌 건강 문제로 자살로 생을 마감하
려는 욕망을 품었고 그 욕망이 학살에 참여하게 된 요인이었
다.' 에릭은 여러 개의 폭탄을 만들고 설치해 학교 전체를 날
려 버릴 계획을 꾸몄다. 일회성 공격이 아니라 사람들이 오
랫동안 두려워하는 사건이기를 바랐다. 에릭에게 콜럼바인
학살은 공연이자 일종의 살인 예술이었다. 그는 범행을 보아

줄 사람들을 청중이라 여겼고 실제로 '대부분의 미국인은 이 사건을 텔레비전으로 지켜보며 자기가 대량학살을 사실상 목격하고 있다는 느낌을 받았다.'(121쪽)

에릭이 남긴 일지와 '지하실의 테이프'를 분석한 결과 에릭은 사이코패스였다. 사이코패스는 타인에 대한 공감이나 감정이 전무하다. 에릭은 문학작품을 탐독하고 명료하고 분명한 사고를 했지만 그만큼 거짓말로 남을 속이는 데 능숙했다. 그는 '인류 말살'이라는 사명을 세우고 1년 전부터 계획했다. 반면 딜런은 오랜 우울증을 앓으며 살인보다는 자살을 계획했다. 만약 딜런이 에릭을 만나지 않았다면 그의 자살에 관한 생각은 그저 몽상으로 끝났을지도 모른다.

그들은 평범했다. 평범했기 때문에 어느 누구도 그들의 악행을 예상할 수 없었다. 만약 에릭과 딜런이 끊임없이 문제를 일으켰다면 위험을 감지할 수 있었겠지만 그들은 좋은 성적과 반성하는 태도로 주변을 안심시켰다. 친구들은 학살 계획을 농담 내지 장난으로 받아들였다. 모든 것은 사후적으로 해석되기 마련이라 당시에는 그저 짓궂은 생각이나 놀이로 여겨졌다. 비상한 육감과 폭넓은 조망이 있지 않는 한 예상할 수 없다는 점이 사건의 비극이다.

악은 거대한 분노를 일으켰지만 수는 세상에 나와 목소리를 냈다. 수많은 비난 속에서도 손 내밀어 주는 사람이 있었던 덕분이다. 수는 고백한다. 증오와 비판을 받았지만 동시에 친절함과 관대함도 느낄 수 있었다고. 그녀처럼 비극을 겪은 사람들의 뼈아픈 고백을 들으며 세상에는 엄청난 고통을 겪고도 살아가는 사람이 많다는 사실을 알게 된다. 무엇보다 그녀는 '희생자 가족이 살인자 엄마에게 공감 한 자락을 내주었다는 점에서 깊은 감동을 받는다.' 수는 아들을 잃고 건강을 잃고 이전의 삶을 잃었지만 낯선 고통을 끌어안으며 그 이후의 삶을 살아간다. 극한 고통도 인간을 완전히 무너뜨릴 수 없다는 한 줄기 희망을 보여 주면서.

한편 트라우마의 현장이 된 학교가 정상화되기까지 오랜 시간이 필요했다. 그리고 여전히 진행 중이다. 부상자들은 자신의 불행과 멈추지 않고 싸웠다. 뇌에 손상을 입어 말하고 걷는 것조차 처음부터 배워야 했던 부상자는 에릭이 의도했던 두려움을 물리치며 스스로 일어나 걸었고 잃어버렸던 삶을 되찾았다. 총을 맞아 평생 휠체어를 타야 하는 운명이 된 학생은 살인자에 대한 분노를 버리기까지 오랜 시간이 걸렸다. "그래 봐야 비생산적이니까요. 용서하지 않으면 앞으로 나아갈 수가 없어요."(『콜럼바인』, 데이브 컬런, 문학동네, 2017)

콜럼바인 사건은 용서의 가능성을 묻는다. 평생 심리적,

244   아름답고 쓸모없는 독서

신체적 불구로 살아야 하는 피해자들에게 살인자들을 용서할 수 있느냐고 묻는다. 어떤 희생자 가족은 여전히 가해자들을 증오하고 어떤 피해자는 가해자에게 용서의 손을 내민다. 가해자의 엄마 수는 아들의 우울을 알아차리지 못해 비극적 사건을 막지 못한 자신을 결코 용서할 수 없다고 말한다. 용서할 수 없는 시간을 끌어안고 살아가는 사람들의 이야기를 읽는다. 그녀가 이해할 수 없는 일을 이해하려는 노력은 용서의 길로 가는 여정이 아닐까. "아들의 행동은 증오하지만 나는 내 아들을 사랑했다."고 말하는 것처럼, 인간을 파괴하는 것이 인간이라는 절망과 인간을 회복시키는 것 역시 인간이라는 희망을 본다. 콜럼바인 사건이 보여 준 비극적 드라마는 인간에 대한 슬프고도 높은 성찰로도 읽힌다.

인간이란 무엇인가
『카라마조프가의 형제들』 (도스토옙스키)

내가 진실로 너희에게 이르노니 한 알의 밀이 땅에 떨어
져 죽지 아니하면 한 알 그대로 있고 죽으면 많은 열매를
맺느니라. (요한복음 12장 24절)

한 알의 밀이 땅에 떨어져 죽은 것처럼 예수님은 십자가에
못 박혀 돌아가셨다. 십자가에서 흘린 피는 인류 구원이라는
열매를 맺었다. 이 말씀이 왜 도스토옙스키의 『카라마조프가
의 형제들』(문학동네, 2018) 제사로 쓰였는지 여러 번 곱씹어야
했다. 그 의미를 찾아가는 과정은 1700페이지에 이르는 방대
한 작품을 향한 여정이었다.

아버지 표도르 파블로비치 카라마조프에게는 두 번의 결

혼으로 얻은 세 아들이 있다. 첫 번째 부인에게서 얻은 드미트리와 두 번째 부인이 낳은 이반과 알료샤. 두 아내는 세상을 일찍 떠났고 방탕한 아버지는 아이들을 내팽개친다. 세 아들은 고아가 아니지만 고아처럼 자란다. 그러던 어느 날 장남 드미트리가 아버지와 해결해야 할 금전문제를 이유로 고향으로 돌아오면서 세 형제는 처음으로 한곳에 모인다.

아버지 표도르와 아들 드미트리를 적으로 만드는 또 다른 문제는 마을의 부자 상인의 첩 그루셴카다. 드미트리는 이미 귀족 아가씨와 약혼한 몸이지만 그루셴카의 매력에 완전히 사로잡힌다. 아버지 또한 그루셴카에게 홀딱 빠져 돈 3000루블로 그녀를 유혹한다. 한편 둘째 이반은 형 드미트리의 약혼녀 카테리나를 사랑하지만 그녀는 드미트리와의 약혼을 유지하느라 이반의 마음을 받아들이지 않는다. 얽히고설킨 애정관계는 작품을 끌고 가는 또 다른 축이다.

드미트리가 그토록 갖기 원하던 돈 3000루블을 아버지는 주지 않는다. 이미 줄 것은 다 주었다는 것이 이유지만 그에게 돈까지 있다면 그루셴카가 드미트리를 선택할까 봐 두렵기 때문이다. 남보다도 못한 관계 속에서 드미트리는 아버지에 대한 증오가 극에 달한다. 그러던 어느 날 아버지 표도르가 살해된 채 발견된다. 당시 드미트리의 손에는 피가 묻어 있었고 그에게는 3000루블로 추정되는 돈이 있었다. 무엇보다 그는 아버지를 죽이고 싶다고 공공연하게 말하고 다녔다. 정황상 그가 아버지를 죽인 유력한 용의자로 지목되고 재판장에 선다. 하지만 그는 진짜 범인이 아니었다. 아버지를 죽인 진짜 살인범을 찾는 과정이 추리소설처럼 이어진다.

친부살인과 치정, 그리고 돈이라는 소재가 『카라마조프가의 형제들』을 이끌고 가는 세 개의 중심축이다. 인류 역사상 가장 훌륭한 작품이라고 평가받는 작품에 전형적인 통속적 소재가 전면에 등장한다는 것은 어쩐지 놀랍다. '인간이란 무엇인가'를 탐구한 도스토옙스키에게 그것은 필연적인 선택이었을까. 세 가지 중심 소재는 인간을 막다른 골목까지 밀어붙이고 극단의 감정을 나타내기 위한 중요한 장치가 된다. 덕분에 독자는 인간의 밑바닥 모습부터 비열하고 악하며 동시에 고결하고 선한 인간의 모습을 본다.

아버지 표도르는 방탕하지만 '어릿광대'와 같은 순진한 면이 있고 장남 드미트리는 아버지의 기질을 물려받아 과격하고 '짐승 같은 사람이긴 하지만 마음씨는 고결'하다. 둘째 이반은 대단히 논리적이고 지적이지만 자신이 세운 논리에 넘어져 분열에 이른다. 셋째 알료샤는 명망 있는 조시마 장로의 제자로 선하고 원만한 인물이다. 주요 인물들을 연결하는

아름답고 쓸모없는 독서

메신저이자 도스토옙스키가 추구하는 선에 가장 가까운 인물이지만 만들어지는 과정 중인 미완성의 인물이다. 불완전하고 규정할 수 없는 인간, 선과 악이 공존하는 인간이 도스토옙스키가 본 인간의 모습이다.

작품에는 네 명의 죽음이 등장한다. 아버지 표도르의 죽음과 그를 죽인 스메르쟈코프의 죽음. 그리고 조시마 장로와 소년 일류샤의 죽음. 각각의 죽음은 어떤 의미를 내포하고 있는가.

아버지 표도르의 죽음은 드미트리에게 새로운 삶이라는 열매를 맺는다. 비록 유죄판결을 받고 시베리아 유형을 가게 되지만 그는 새로운 의지로 가득 차 있다. "여러분은 단 한순간에 저를 다시 태어나게 해주셨고 부활시키셨습니다.", "이런 날벼락이 없었더라면 결코 밖으로 나오지 못했을 거야. 나는 아버지를 죽이지 않았어. 하지만 그 길을 가야 해." 드미트리의 태도는 조시마 장로의 말, "모든 사람은 모든 사람 앞에 모든 일에 대해 죄인이다."를 떠올리게 한다. 타인의 죗값을 치르는 태도는 예수님의 십자가와 닮았다.

아버지 표도르를 죽인 진짜 범인은 스메르쟈코프. 그는 표도르가 거리의 백치 여인을 '장난'으로 취해 얻은 사생아다. 그의 이름 '스메르쟈코프'가 가진 '냄새 난다'는 뜻처럼 자신의 탄생을 경멸하며 어둡고 잔인하게 성장한 인물이다. 집안의 요리사이자 하인으로 일하며 적자들에게 적개심을 품지만 둘째 아들 이반만큼은 예외다. 스메르쟈코프는 이반의 무신론, "(신이 없다면) 모든 것은 허용된다."는 논리에 따라 아버지 표도르를 살해한다. 살인의 이유를 추궁하는 이반에게 말한다. 당신은 아버지를 죽이고 싶어 하지 않았느냐고. 당신의 행동은 그 일에 동의한 것이 아니었냐고. 이반은 자신도 모르고 있던 무의식을 조목조목 밝히는 스메르쟈코프에게 경악한다. 스메르쟈코프는 이반의 분신이자 무의식을 비추는 거울이었다. 이반은 그의 말에 동의할 수밖에 없는 자신에 대해 절망하고 살인을 부정한다. "모든 것이 허용된다."는 명제가 파괴되고 "모든 사람은 모든 사람 앞에 모든 일에 대해 죄인이다."라는 세계 앞에서 분열하며 정신 발작을 일으킨다. 스메르쟈코프는 아버지 살인에 동의한 적 없다고 항변하는 이반을 보고 자살한다. 그에게 더 이상 믿을 것이 남아 있지 않았기 때문이다. 정신발작과 자살은 두 세계, 무신론과 믿음(종교)이 양립불가능하다는 것을 보여 준다.

도스토옙스키에게 인간을 구원하는 것은 그리스도교의 가르침(러시아 정교)이다. 조시마 장로는 임종 직전 설교에서 인류애적 사랑이 아닌 내 이웃의 사랑을 설파한다. "내 앞에 한 사람을 진정으로 사랑하라.", "실천적 사랑(이웃 사랑)은 공상적 사랑(인류애적 사랑)에 비해 가혹하고 두려운 일."이지만 그것만이 대안이다.

'사랑하라'는 조시마 장로의 가르침은 소년 일류샤의 죽음에서도 반복된다. 일류샤의 등장은 소설 전체에서 볼 때 줄거리와 무관한 하나의 에피소드처럼 보이지만 중병으로 인한 일류샤의 죽음에 담긴 의미는 크다. 다혈질 드미트리에게 아무 이유 없이 수염을 잡힌 채 질질 끌려 다녔던 이등 대위가 있다. 그의 아들 일류샤는 아버지가 당한 모욕에 분노하고 아버지 대신 복수를 시도하는 용기 있는 소년이었다. 열두 명의 친구들과 가족들이 모인 일류샤의 장례식에서 알료샤는 말한다.

우리가 이제 평생토록 항상 기억하게 될, 그리고 기억하고자 하는 이 선량하고 훌륭한 감정 속에 우리를 결합시켜 준 사람이 누구인가요, 저 착한 소년, 사랑스러운 소년, 우리에게 영원히 소중한 소년, 바로 일류셰치카 아닙니까! 이 소년에 대한 아름다운 기억을 우리 마음속에 영원히 간직합시다, 영원토록!

소년 일류샤의 죽음은 하나의 밀알이 되어 희망과 사랑이라는 열매를 맺는다. 소설 첫 장에 실렸던 요한복음 말씀 '한 알의 밀이 땅에 떨어져…'가 비로소 매듭짓게 되는 대목이다.

돈과 치정으로 얽힌 서사는 오늘날에도 유효하다. 돈 때문에 가정이 파탄 나고 유산싸움으로 형제관계가 틀어지는 일은 놀랍지 않다. 카라마조프가의 비극은 어느 특별한 가족의 비극이 아니라 오늘날까지 이어지는 보편적 비극이다. 도스토옙스키는 140년 넘게 지나도 부패하지 않은 이야기를 만들어 냈다. 그가 보여 주는 인간의 복잡한 내면은 현대인에게 공감을 준다. 내 안에 내가 너무 많다. 한마디로 자신을 정의할 수 없는 사람이라면 '도스토옙스키적 인간'에게 자신의 모습을 발견할 것이다. 선과 악이 용광로처럼 들끓는 불완전한 인간도 구원받을 수 있는가. "내 앞에 있는 사람을 사랑하십시오." 그것이 『카라마조프가의 형제들』을 통해 보여 주는 도스토옙스키의 대답이다. 너무나 익숙해서 공허해 보이기까지 하지만 가장 실천하기 어려운 일이다. '인간이란 무엇인가'라는 질문에 대한 대답이 아직 완성되지 않은 현재진행형이라면 이 책은 여전히 우리에게 필요하다. 그 질문에 대해 절박함을 느낀다면, 『카라마조프가의 형제들』을 읽는 여정은 계속 반복되어도 좋다.

나는 존재한다 고로 사랑한다

『카라마조프가의 형제들』(도스토옙스키)

인간이란 무엇인가? 도스토옙스키가 작품을 통해 끊임없이 물었던 질문이다. 도스토옙스키가 본 인간의 마음은 선과 악이 투쟁하는 장소다. 인간은 악인 줄 알면서도 악을 저지르고 선을 추구해야 하는 줄 알면서도 선을 행하지 않는다. 도스토옙스키적 인물은 타락하고 싶은 본능을 숨기지 않으며 본능 앞에 솔직하다. 완전히 악하거나 완전히 선한 인물도 없다. 추악하면서도 동시에 신성한 면을 도스토옙스키적 인간에서 발견한다.

『카라마조프가의 형제들』에는 카라마조프적 인간이 있다. 아버지 표도르 카라마조프를 포함한 삼형제는 도스토옙스키의 분신이자 자아다. 표도르처럼 방탕하고 첫째 드미트리처

럼 정열적이고 둘째 이반처럼 지적이며 셋째 알료샤처럼 영
성을 지닌 모습 전부가 도스토옙스키다. 카라마조프의 피를
이어받은 사생아 스메르쟈고프가 앓는 간질병은 도스토옙
스키가 평생 고통받았던 간질병과 다름없다. 도스토옙스키
는 인간이란 무엇인가를 탐구하기 위해 신의 존재, 고통의 문
제, 선과 악의 문제를 정면으로 다룬다. 그의 문제의식을 가
장 집약적으로 보여 준 장면이 제 5편 「pro와 contra」에 나오
는 「대심문관」이다.

　「대심문관」 서사시 하나에 대해서만 프로이트, 하이데거,
사르트르, 카뮈 등 수없이 많은 작가와 철학자들이 논평했
다. 이미 충분히 말해진 것에 대해 나는 새삼스러울 것 없는
이야기를 덧붙이게 되겠지만, 읽은 감동은 나눌 수 있지 않
을까. '예언자' 도스토옙스키가 가장 심혈을 기울이며 써내려
간 「대심문관」은 시간이 지나도 여전히 뜨겁게 읽힌다.

　아버지 표도르 카라마조프가 살해되기 직전, 알료샤는 큰
형 드미트리가 큰일을 낼 것이라는 두려운 예감에 형을 찾아
다닌다. 도중에 작은형 이반을 만나고 그때 이반이 알료샤에
게 전하는 이야기가 「대심문관」 서사시다. 「대심문관」은 어
렸을 때부터 학업에 특출 나고 합리적 판단과 냉철함을 지닌
이반의 면모가 잘 드러난 작품이다. 이반은 누구보다도 하나

님에 대한 지식이 해박했지만 그 앎은 믿음으로 이어지지 않는다. 오히려 이반은 믿음을 거부한다. 믿음이란 이성적인 그로서는 도저히 받아들일 수 없는 비논리의 세계였기 때문이다.

이반은 선하고 전능한 하나님과 고통을 주시는 하나님이 같은 분이라는 사실을 받아들이지 않는다. 아니 못 한다. 두 가지의 결합을 부정하고 조화의 가능성에 반항한다. "모든 인간이 고통을 겪어야 하는 것은 그 고통으로써 영원한 조화를 사기 위해서라고 하더라도, 어째서 아이들까지 거기 껴야 한다는 거냐, 제발 말 좀 해줄래? 도무지 이해가 안 돼."(『카라마조프가의 형제들1』, 493쪽) 선하고 전능하신 하나님이라면 마땅히 죄 없는 아이들을 고통으로부터 구제해야 하는 것이 아닌가. 이반은 아이들에게 가해진 잔혹한 범죄의 사례를 나열한다. 힘없고 무고한 아이들에게 가해지는 고통은 설명할 길이 없다.

아동학대 뉴스는 오늘날에도 계속되지 않는가. 고백하자면 이반의 질문은 나의 질문이기도 했다. 하나님은 사랑하는 인간에게 왜 고통을 허락하시는가. 세상에는 인과관계가 분명하지 않은 고난이 도처에 널려 있다. 뿐만 아니라 무고한 사람이 고통받고 죄지은 사람은 왜 벌을 받지 않는가. 정의는 어디 있는가. 질문은 계속 이어진다.

> 도대체 이 세상 전체에 용서해 줄 수 있고 용서할 권리를
> 가진 그런 존재가 있기나 할까? 나는 조화 따윈 원치 않
> 아. 차라리 나는 복수를 맛보지 못한 고통들과 함께 머
> 무르겠어. 비록 내가 틀릴지라도. 나는 신을 받아들이지
> 않는 게 아니야. 다만 정중하게 입장권을 돌려주는 것뿐
> 이지.(496쪽)

대심문관 추기경은 나이가 아흔에 가까운 노인으로 이반
의 미래 모습이자 이반의 무신론을 대변한다. 대심문관 내용
은 40일 동안 금식한 예수님에게 악마가 주는 세 가지 시험
이다. '돌을 떡으로 변하게 하라, 하나님의 아들이라면 절벽
에서 뛰어내리리라, 세상 권세를 다 줄 테니 나에게 경배하라.'
그리스도가 받은 악마의 세 가지 유혹은 기적과 신비, 그리
고 권위에 대한 물음이다. 대심문관은 지적한다. '신은 인간
을 과대평가했다.' 하나님이 허락한 자유로 인간이 더욱 큰
고통에 빠졌기 때문이다. 하나님은 인간을 사랑해서 자유의
지를 주셨지만 인간은 그리스도가 아니기에 모든 기적, 신비,
권위의 유혹을 물리치지 못하고 신을 섬기지 않는다. 양심의

자유는 곧 선택의 자유이며 인간은 선택의 무게를 오롯이 감당하기에 연약한 존재다. 자유와 함께 고통까지 감당하게 된 인간은 하나님을 섬기는 대신 진리마저 거부하게 된다. 바로 이반처럼.

> 인간은 자유를 지배하는 대신에 너는 그것을 증대해서 인간의 영혼의 왕국에 영원토록 고통의 짐을 지워 준 것이었다. (…) 인간을 덜 존경했더라면, 그래서 인간에게서 더 적은 것을 요구했더라면, 이것이 더 사랑에 가까웠을 것인데, 인간의 짐이 더 가벼웠을 테니까 말이다.(518쪽)

대심문관은 신에 대한 탄핵이자 심판이다. 사랑과 증오가 동전의 양면인 것처럼 나는 이반의 강력한 무신론적 변론이 하나님을 향한 목마름과 몸부림이라고 느낀다. 이반은 참된 하나님을 알지만 믿지 않는다. 하나님이 창조한 피조물이라는 걸 알지만 하나님에게서 벗어나고자 한다. 동생 알료샤가 그의 마음을 간파한다. 형은 누구보다도 하나님을 잘 알고 있다고. 이반은 빈틈없고 강력한 무신론을 내세우지만 역설적으로 그는 누구보다 신에 대한 치열한 물음을 던진다. 비록 신에 대한 사랑이 아니라 분노로 촉발된 질문이지만 분노의 힘이야말로 변화의 가능성을 품고 있는 것은 아닐까.

알료샤는 하나님의 세계를 믿지 않는 이반이 안타깝다. 이
반은 지옥으로 추락하는 자의 모습이기 때문이다. 하지만 이
반은 지옥을 버티는 힘이 있다고 말한다. '카라마조프적인
힘, 저열함의 힘', '모든 것이 허용된다.'는 논리에서 나오는
힘이다. '모든 것이 허용된다.' 앞에는 '신이 없다면'이 생략되
어 있다. '모든 것이 허용된다.'는 사상이 친부살해라는 비극
으로 이끈다.

지옥이란 무엇일까? 알료샤의 스승 조시마 장로는 지옥을
'이제는 이미 사랑할 수 없다는 데 대한 괴로움'이라고 정의
한다. 즉 사랑할 수 있다면 지옥에서 벗어날 수 있다. 이반이
사랑을 실천할 수 있다면 그가 경험하는 부조화는 조화롭게
다가오지 않을까. 이해를 해서 믿는 것이 아니라 믿으면 이
해가 되는 원리다. 사랑할 때 비로소 천국이 찾아온다. 무고
한 아이의 고통이 허락되는 하나님의 세계는 불합리하고 조
화롭지 않은 것처럼 보이지만 조시마 장로는 하나님이 만든
세계를 찬양한다. 풀밭, 하늘 속에 아름다움과 영광이 있고
위대한 신비가 있음을. 자연의 아름다움은 유클리드의 이성
으로는 설명될 수 없는 신비이자 비밀이다. 그 신비를 알게
되면 천국을 경험하게 된다.

천국은 가깝고도 멀다. 사랑하지 않으면 보이지 않고 경험할 수 없어서다. 이반에게 사랑은 오직 먼 사람에게만 가능하다. 자신과 가까운 사람을 사랑하는 일이 불가능하다고 여긴다. 사람을 사랑하기 위해 사람의 모습은 감춰져야 한다. 얼굴이 보이는 순간, 사랑은 사라지므로. 아버지로부터 버림받고 어머니 없이 남의 집에서 자란 이반에게 사랑은 너무나 어려웠는지도 모른다. 조건 없는 사랑을 경험할 기회가 없었고 아버지 표도르는 이반에게 부끄러운 사람이자 증오의 대상이었다.

수도사의 길을 걷고 있지만 완전히 영글지 않은 알료샤는 이반의 무신론 앞에 무력함을 느낀다. 설상가상으로 성인으로 추앙받던 조시마 장로 유체에서 썩은 냄새가 난다. 성인이라면 유체가 부패하지 않는 기적이 일어나야 했다. 의지할 곳 없는 알료샤에게 조시마 장로는 정신적 스승이자 사랑의 대상이었다. 커다란 존재였던 조시마 장로의 유체에서 다른 사람보다 오히려 더 빠르게 썩은 냄새가 나자 알료샤는 좌절했다.

심란해진 알료샤는 그의 동료 라키친과 함께 그루셴카를 찾아가게 된다. 그루셴카는 라키친의 친척이자 상인 삼소노프의 첩으로 아버지뻘 되는 그에게서 돈 버는 법을 배우며 성

　　　　　　　　　아름답고 쓸모없는 독서

장한 자산가다. 아버지 표도르와 첫째 드미트리가 동시에 사랑하는 여성으로 분쟁의 중심에 있다. 자신이 더럽다고 여기는 그루셴카는 천사와 같은 알료샤를 볼 때 수치심을 느꼈고 그런 이유로 알료샤를 타락시키고 싶었다. 출세주의자 라키친 역시 알료샤의 타락을 보고 싶었으므로 돈을 줄 테니 알료샤를 데리고 와달라는 그루셴카의 부탁을 들어준다. 그루셴카는 알료샤의 무릎에 올라타며 유혹하고자 하지만 조시마 장로가 선종했다는 소식을 듣자 놀라며 곧바로 자세를 고친다. 그 모습을 본 알료샤는 그루셴카에게 '사랑할 줄 아는 영혼'을 발견한다.

그루셴카는 알료샤에게 '양파 한 뿌리' 이야기를 들려준다. '양파 한 뿌리'는 선에 대한 은유다. 지옥에 가게 된 못된 노파조차도 양파 한 뿌리를 거지 여인에게 준 적이 있다는 이야기다. 그루셴카는 못된 노파와 자신을 동일시하며 자신도 '양파 한 뿌리'만큼의 착한 일은 한 적이 있노라고 말한다. 알료샤는 그녀에게 깊은 감동을 받고 그루셴카를 누나라고 부르며 그녀를 높인다. 알료샤의 호명에 그루셴카는 용서를 받았다고 여기며 알료샤가 베푼 사랑에 감동받는다.

이이는 나를 자기 누나라고 불렀어, 난 앞으로 이걸 절대

잊지 않을 거야. 다만 이 말만은 하겠어, 라키트카, 난 나
쁜 년이지만, 그래도 양파 한 뿌리를 준 적은 있어.

(『카라마조프가의 형제들2』, 148쪽)

그런 그녀에게 알료샤는 말한다. "나는 당신에게 양파 하
나, 제일 작은 양파 하나를 건넨 건데, 그뿐인데……!" 알료
샤는 비록 조시마 장로의 유체에서 나는 썩은 냄새로 혼란을
겪지만 그가 밀알처럼 남긴 가르침을 실천한다. '나는 존재한
다 고로 사랑한다.'는 가르침이다. 알료샤 역시 혼란에서 구
원된다. 도스토옙스키는 추락한 인간에게서 구원의 가능성
을 보여 준다. 양파 한 뿌리의 사랑이라는 구원이다.

알료샤는 수도원 암자로 돌아오고 성경에 나오는 가나안
혼인잔치 이야기를 들으며 잠에 빠진다. 예수님이 결혼잔치
에서 베푼 첫 번째 기적, 물이 포도주가 되는 기적이다. 알료
샤가 경험하는 신비는 대심문관이 말했던 돌이 빵으로 변하
는 신비와는 다르다. 알료샤는 꿈에서 조시마 장로를 만난
다. 꿈에 등장하는 가나안 혼인잔치에 조시마 장로가 있다.

왜 그리 놀란 얼굴로 나를 보느냐? 나도 양파 하나를 주
었기 때문에 여기 와 있느니라. 여기 있는 많은 이도 대

아름답고 쓸모없는 독서

개는 그저 양파 하나씩을, 그것도 그저 작은 양파 하나를
내놓았을 따름이란다…….

꿈에서 깬 알료샤는 환희로 가득 찬다. 알료샤는 기쁨의 원
리를 깨달은 듯 그의 영혼은 기쁨으로 충만해진다. 알료샤는
강렬한 무언가에 이끌리듯이 설명할 수 없지만 땅을 끌어안
으며 땅에 입을 맞춘다. 대지에 입을 맞추고, 대지를 사랑하
겠노라고 영원토록 사랑하겠노라고 열렬하게 맹세한다. 삶
이라는 기쁨이 알료샤를 절망에서 다시 일으킨 신비체험이었
으며 이반이 미처 알지 못했던 신비의 비밀이었다. 사랑할 수
없는 삶을 사랑하는 것, 기뻐할 수 없는 삶을 기뻐하는 것이
기적 아닌가. 빵이 변하거나 시신이 썩지 않는 것이 기적이
아니라 삶이 기쁨이 되는 것이 기적이다.

이반은 먼 사람이 아닌 어떻게 가까운 사람을 사랑할 수 있
느냐고 물었지만 그 사랑은 생각보다 어려운 일이 아닐지도
모른다. '양파 한 뿌리'를 건네는 작은 행동이다. '한 알의 밀'
처럼. 모든 사람이 모든 것에 대해 죄가 있고 책임을 느끼고
살아야 하는 이유는 나의 행동이 누군가에게 하나의 씨앗이
될 수 있기 때문이다. 그것이 사랑의 씨앗일 때 이곳은 더 이
상 지옥이 아니다. 조시마 장로가 엎드려 절하고 대지에 키스

하는 것처럼 한 없이 몸을 낮추는 겸허한 사랑을 본다. 알료
샤 역시 뜨거운 눈물과 함께 대지에 입을 맞추며 조시마 장로
의 뜻을 받들며 거듭난다. '나는 존재한다. 고로 사랑한다.'

아름답고 쓸모없는 독서

가족이 모두 잠든 밤, 부엌은 읽고 쓰는 공간이 된다. 새벽에 종종 깨는 아이들은 홀로 식탁에서 노트북 키보드를 두드리는 나를 발견한다. "엄마, 아직도 컴퓨터 해?" 잠 안 자고 아직도 쓰냐는 물음에 나는 늘 얼버무린다. 나도 궁금하다. 왜 나는 매일 밤 아무도 시키지 않은 글쓰기를 하는지.

대학시절 글쓰기에서 존재감을 느끼고 보람을 찾던 순간들이 몸속 어딘가에 숨어 있기 때문일까. 경험이나 생각이 말로 담기는 순간 어딘가 왜곡되고 변형되는 느낌이 들어서 나는 말 대신 글을 쓴다. 안팎에서 일어나는 일을 글로 쓰다 보면 희미하던 생각이 보다 선명해진다. 그러나 엄마의 글쓰기는 육아나 가사처럼 당장의 쓸모가 보이지 않아서 다른 급한 일에 쉽게 자리를 내준다. 일상생활의 관성에 역행하고 중력에 반하는 일이라서 글쓰기 시간을 사수하는 일이 때로는 투쟁처럼 느껴진다.

투쟁에서 지더라도 투쟁을 해야 할 이유가 분명하다면 지속할 수 있다. 글을 쓸 때만이 엄마, 아내, 며느리라는 자리를 뺀 나머지 내 자신으로 돌아간다. 대학 졸업과 동시에 결혼 생활을 시작한 나는 어쩌면 열심히 달리는 기차에서 뛰어내린, 한 시절의 부채의식을 갚기 위해 쓰는지도 모른다. 누구에게도 할 수 없는 말을 모두에게 하기 위해서. 민감하고 흐릿해서 말로 어떻게 담아내야 할지 몰라 늘 실패하고 마는 이야기를 조금씩 글로 풀어내고 싶어서 쓴다.

첫 책을 낸다. '사랑할 만한 자격을 갖추고 있어서 사랑이 당신 속으로 들어오는 것이 아니라 사랑이 당신 속으로 들어와서 당신에게 자격을 부여하는 것이다.'(『사랑의 생애』, 이승우, 위즈덤하우스, 2017) 이 말을 빌린다면, 책을 쓸 만한 자격을 갖추어서 쓰는 것이 아니라 쓰기 때문에 자격을 갖추게 되는 것이리라. 그렇다고 감히 믿어 본다. 내가 믿는 것은 자격의 유무가 아니라 쓰는 동안 끊이지 않았던 나의 자격에 대한 의심과 불안이다.

글쓰기는 혼자 하는 일 같지만 혼자서 할 수 없는 일이었

아름답고 쓸모없는 독서

다. 책을 쓰는 일은 더더욱 그러했다. 투쟁의 지원군이 되어 준 사람들이 있다. 공간과 물건도 힘이 되어 준 걸 생각하면 그들도 나의 소중한 지원군이다. 나는 수많은 책들에게 빚을 졌다. 쓰기의 원동력은 읽기라는 걸 거듭 확인했다. 책에게 빚을 갚는 방법이 있다면 책에 관한 책을 쓰는 것이라 생각했다. 그러한 바람을 이룰 수 있어서 기쁘다. 이것이 혼자만의 기쁨이 아니면 좋겠다. 블로그에서 만난 멀고도 가까운 인연에 감사한다. 그 인연 덕분에 여기까지 올 수 있었으므로. 책이 만들어 준 인연을 나는 오래 기억할 것이다. 추천사를 써 주신 이현우 선생님께 감사드린다. 과분한 격려가 된 글을 읽고 또 읽으며 용기를 얻었다. 책 표지에 도움을 준 김미영 화가에게 고마움을 전한다. 덕분에 책이 '아름답고'에 걸맞은 옷을 입었다. 사려 깊은 격려와 지지를 보내 준 친구들에게. 그들의 우정과 애정이 나를 더 나은 사람으로 만들어 준다. 코로나19가 발발하면서 전혀 예상하지 못한 시간을 경험했다. 친정집은 글쓰기를 위한 도피처가 되어 주었다. 너그러이 받아 주신 부모님이 나의 행운임을 알았다. 무엇보다 '엄마(아내)의 글쓰기'가 빼앗아 간 시간을 견뎌 준 남편이 아니었다면 이 책은 완성되지 못했을 것이다. 그는 공동저자라고 해도 과언이 아니다. 책을 만들어 주신 다반 노승현 대표님과 민이언 편집장님에게 깊이 감사드린다. 책에 괜찮은 부분이 있다면 전적으로 두 분의 배려와 노고 덕분이다. 마지막으로 이 책을 손에 든 분들에게. 책은 누군가 읽어 줄 때 비로소 의미를 갖는다. 『아름답고 쓸모없는 독서』가 어떤 의미를 갖게 된다면 그건 읽어 주신 덕분일 것이다. 감사하다는 말이 부족하게 느껴진다.

아름답고 쓸모없는 독서

이 책에 나오는 작품들

1 혼자 책 읽는 시간

『아름다움의 구원』 (한병철, 이재영 옮김, 문학과지성사, 2016)

『리스본행 야간열차』 (파스칼 메르시어, 전은경 옮김, 들녘, 2007)

『오독』 (C.S. 루이스, 홍종락 옮김, 홍성사, 2017)

『못 가본 길이 더 아름답다』 (박완서, 현대문학, 2010)

『내가 읽은 박완서』 (김윤식, 문학동네, 2013)

『독서의 역사』 (알베르토 망구엘, 정명진 옮김, 세종서적, 2016)

『그녀에게』 (나희덕, 예경, 2015)

『스테이 stay』 (김영하 외 11명, 송소민 옮김, 갤리온, 2010)

『여행의 이유』 (김영하, 문학동네, 2019)

『먼 북으로 가는 좁은 길』 (리처드 플래너건, 김승욱 옮김, 문학동네, 2018)

『슬픔의 위안』 (론 마라스코, 브라이언 셔프, 현암사, 2019)

『아버지의 유산』 (필립 로스, 정영목 옮김, 문학동네, 2017)

『사랑은 왜 아플까?』 (장 다비드 나지오, 표원경 옮김, 한동네, 2017)

『북촌』 (신달자, 민음사, 2016)

『빈자의 미학』 (승효상, 느린걸음, 2016)

『사람, 장소, 환대』 (김현경, 문학과지성사, 2015)

『환대예찬』 (왕은철, 현대문학, 2020)

『가설을 위한 망상』 (박경리, 나남, 2007)

『앙리 드 툴루즈 로트레크』 (마티아스 아놀드, 박현경 옮김, 마로니에북스, 2005)

『토지 21권』 (박경리, 나남, 2002)

『그 섬에 내가 있었네』 (김영갑, 휴먼앤북스, 2013)

『픽션들』 (호르헤 루이스 보르헤스, 송병선 옮김, 민음사, 2011)

『보르헤스의 말』 (호르헤 루이스 보르헤스·윌리스 반스톤, 서창렬 옮김, 마음산책, 2015)

『빨강 머리 앤』 (루시 모드 몽고메리, 고정아 옮김, 윌북, 2019)

2 자유롭지 않은 자유

『인형의 집』 (헨리크 입센, 안미란 옮김, 민음사, 2010)

『왜 다시 자유인가』 (필립 페팃, 곽준혁·윤채영 옮김, 한길사, 2019)

『소녀와 여자들의 삶』 (엘리스 먼로, 정연희 옮김, 문학동네, 2018)

『멀고도 가까운』 (리베카 솔닛, 김현우 옮김, 반비, 2016)

『풀잎은 노래한다』 (도리스 레싱, 이태동 옮김, 민음사, 2008)

『연인』 (마르그리트 뒤라스, 김인환 옮김, 민음사, 2007)

『검은 태양』 (줄리아 크리스테바, 김인환 옮김, 동문선, 2004)

『히로시마 내 사랑』 (마르그리트 뒤라스, 방미경 옮김, 민음사, 2017)

『듣기의 윤리』 (김애령, 봄날의박씨, 2020)

『몽실 언니』 (권정생, 창비, 2012)

『죽어가는 짐승』 (필립 로스, 정영목 옮김, 문학동네, 2015)

『스토너』 (존 윌리엄스, 김승욱 옮김, RHK, 2015)

『동물농장』 (조지 오웰, 도정일 옮김, 민음사, 1998)

『1984』 (조지 오웰, 김기혁 옮김, 문학동네, 2010)

『멋진 신세계』 (올더스 헉슬리, 안정효 옮김, 소담, 2019)

『분노의 포도』 (존 스타인벡, 김승욱 옮김, 민음사, 2008)

3 슬픔에는 마침표가 없다

『애도 일기』 (롤랑 바르트, 김진영 옮김, 걷는나무, 2018)

『애도예찬』 (왕은철, 현대문학, 2012)

『바깥은 여름』 (김애란, 문학동네, 2017)

『슬픔을 공부하는 슬픔』 (신형철, 한겨레출판, 2018)

아름답고 쓸모없는 독서

『타인의 고통』 (수전 손택, 이재원 옮김, 이후, 2004)

『나는 발굴지에 있었다』 (허수경, 난다, 2018)

『사실들』 (필립 로스, 민승남 옮김, 문학동네, 2018)

『천사들은 우리 옆집에 산다』 (정혜신, 진은영, 창비, 2015)

『이것이 인간인가』 (프리모 레비, 이현경 옮김, 돌베개, 2007)

『전체주의의 기원』 (한나 아렌트, 이진우, 박미애 옮김, 한길사, 2017)

『프리모 레비의 말』 (프리모 레비, 조반니 테시오, 이현경 옮김, 마음산책, 2019)

『예루살렘의 아이히만』 (한나 아렌트, 김선욱 옮김, 한길사, 2006)

『페스트』 (알베르 카뮈, 유호식 옮김, 문학동네, 2015)

『나는 가해자의 엄마입니다』 (수 클리볼드, 홍한별 옮김, 반비, 2016)

『콜럼바인』 (데이브 컬런, 장호연 옮김, 문학동네, 2017)

『카라마조프가의 형제들』 (도스토옙스키, 김희숙 옮김, 문학동네, 2018)

아름답고 쓸모없는 독서

글 김성민
발행일 2020년 9월 10일 초판 1쇄
　　　　　2020년 10월 20일 초판 2쇄

발행처 다반
발행인 노승현
책임편집 민이언
출판등록 제2011-08호(2011년 1월 20일)
주소 서울특별시 금천구 가산디지털1로 24 503호
　　　　(가산동, 대륭테크노타운13차)
전화 02) 868-4979　　**팩스** 02) 868-4978

이메일 davanbook@naver.com
홈페이지 davanbook.modoo.at
포스트 post.naver.com/davanbook
블로그 blog.naver.com/davanbook
페이스북 www.facebook.com/davanbook
인스타그램 www.imstagram.com/davanbook

ISBN 979-11-85264-46-2 03800

다반―일상의 책